Детство Тёмы

Н. Га́рин

Детство Тёмы

© Bibliotech Press, 2021

ISNB: 978-1-63637-685-1

СОДЕРЖАНИЕ

I

НЕУДАЧНЫЙ ДЕНЬ

Маленький восьмилетний Тёма стоял над сломанным цветком и с ужасом вдумывался в безвыходность своего положения.

Всего несколько минут тому назад, как он, проснувшись, помолился богу, напился чаю, причем съел с аппетитом два куска хлеба с маслом, одним словом — добросовестным образом исполнивши все лежавшие на нем обязанности, вышел через террасу в сад в самом веселом, беззаботном расположении духа. В саду так хорошо было.

Он шел по аккуратно расчищенным дорожкам сада, вдыхая в себя свежесть начинающегося летнего утра, и с наслаждением осматривался.

Вдруг... Его сердце от радости и наслаждения сильно забилось... Любимый папин цветок, над которым он столько возился, наконец расцвел! Еще вчера папа внимательно его осматривал и сказал, что раньше недели не будет цвести. И что это за роскошный, что это за прелестный цветок! Никогда никто, конечно, подобного не видал. Папа говорит, что когда гер Готлиб (главный садовник ботанического сада) увидит, то у него слюнки потекут. Но самое большое счастье во всем этом, конечно, то, что никто другой, а именно он, Тёма, первый увидел, что цветок расцвел. Он вбежит в столовую и крикнет во все горло:

— Махровый расцвел!

Папа бросит чай и с чубуком в руках, в своем военном вицмундире, сейчас же пройдет в сад. Он, Тёма, будет бежать впереди и беспрестанно оглядываться: радуется ли папа?

Папа, наверное, сейчас же поедет к геру Готлибу, может, прикажет запрячь Гнедко, которого только что привели из деревни, Еремей (кучер, он же и дворник), высокий, одноглазый, добродушный и ленивый хохол, Еремей говорит,

2

что Гнедко бегает так шибко, что ни одна лошадь в городе его не догонит. Еремей, конечно, знает это: он каждый день ездит на Гнедке верхом на водопой. И вот сегодня в первый раз запрягут Гнедко. Гнедко побежит скоро — скоро! Все погонятся за ним — куда! Гнедка и след простыл.

А вдруг папа и Тёму возьмет с собой?! Какое счастие! Восторг переполняет маленькое сердце Тёмы. От мысли, что все это счастие произошло от этого чудного, так неожиданно распустившегося цветка, в Тёме просыпается нежное чувство к цветку.

— Ми—и—ленький! — говорит он, приседая на корточки, и тянется к нему губами.

Его поза самая неудобная и неустойчивая. Он теряет равновесие, протягивает руки и...

Все погибло! Боже мой, но как же это случилось?! Может быть, можно поправить? Ведь это случилось оттого, что он не удержался, упал. Если б он немножко, вот сюда, уперся рукой, цветок остался бы целым. Ведь это одно мгновение, одна секунда... Постойте!.. Но время не стоит. Тёма чувствует, что его точно кружит что—то, что—то точно вырывает у него то, что хотел бы он удержать, и уносит на своих крыльях — уносит совершившийся факт, оставляя Тёму одного с ужасным сознанием непоправимости этого совершившегося факта.

Какой резкой, острой чертой, какой страшной, неумолимой, беспощадной силой оторвало его вдруг сразу от всего!

Что из того, что так весело поют птички, что сквозь густую листву пробивается солнце, играя на мягкой земле веселыми светлыми пятнышками, что беззаботная мошка ползет по лепестку, вот остановилась, надувается, выпускает свои крылышки и собирается лететь куда—то, навстречу нежному, ясному дню?

Что из того, что когда—нибудь будет опять сверкать такое же веселое утро, которое он не испортит, как сегодня? Тогда будет другой мальчик, счастливый, умный, довольный. Чтоб добраться до этого другого, надо пройти бездну, разделяющую его от этого другого, надо пережить что—то страшное, ужасное. О, что бы он дал, чтобы все вдруг остановилось, чтобы всегда было это свежее, яркое утро, чтобы папа и мама всегда спали... Боже мой, отчего он такой несчастный? Отчего над ним тяготеет какой—то вечный неумолимый рок? Отчего он всегда хочет так хорошо, а выходит все так скверно и гадко?.. О, как сильно, как глубоко старается он заглянуть в себя, постигнуть причину этого. Он хочет ее понять, он будет строг и беспристрастен к себе... Он действительно дурной мальчик. Он виноват, и он должен искупить свою вину. Он заслужил наказание, и пусть его накажут. Что же делать? И он знает причину, он нашел ее! Всему виною его гадкие, скверные руки! Ведь он не хотел, руки сделали, и всегда руки. И он придет к отцу и прямо скажет ему:

— Папа, зачем тебе сердиться даром, я знаю теперь хорошо, кто виноват, — мои руки. Отруби мне их, и я всегда буду добрый, хороший мальчик. Потому что я люблю и тебя, и маму, и всех люблю, а руки мои делают так, что я как будто никого не люблю. Мне ни капли их не жалко.

Мальчику кажется, что его доводы так убедительны, так чистосердечны и ясны, что они должны подействовать.

Но цветок по—прежнему лежит на земле... Время идет... Вот отец, встающий раньше матери, покажется, увидит, все сразу поймет, загадочно посмотрит на сына и, ни слова не говоря, возьмет его за руку и поведет... Поведет, чтоб не разбудить мать, не через террасу, а через парадный ход, прямо в свой кабинет. Затворится большая дверь, и он останется с глазу на глаз с ним.

Ах, какой он страшный, какое нехорошее у него лицо... И зачем он молчит, не говорит ничего?! Зачем он расстегивает свой мундир?! Какой противный этот желтенький узенький ремешок, который виднеется в складке синих штанов его. Тёма стоит и, точно очарованный, впился в этот ремешок. Зачем же он стоит? Он свободен, его никто не держит, он может убежать... Никуда он не убежит. Он будет мучительно-тоскливо ждать. Отец не спеша снимет этот гадкий ремешок, сложит вдвое, посмотрит на сына; лицо отца нальется кровью, и почувствует, бесконечно сильно почувствует мальчик, что

4

самый близкий ему человек может быть страшным и чужим, что к человеку, которого он должен и хотел бы только любить до обожания, он может питать и ненависть, и страх, и животный ужас, когда прикоснутся к его щекам мягкие, теплые ляжки отца, в которых зажмется голова мальчика.

Маленький Тёма, бледный, с широко раскрытыми глазами, стоял перед сломанным цветком, и все муки, весь ужас предстоящего возмездия ярко рисовались в его голове. Все его способности сосредоточились теперь на том, чтобы найти выход, выход во что бы то ни стало. Какой—то шорох послышался ему по направлению от террасы. Быстро, прежде чем что—нибудь сообразить, нога мальчика решительно ступает на грядку, он хватает цветок и втискивает его в землю рядом с корнем. Для чего? Смутная надежда обмануть? Протянуть время, пока проснется мать, объяснить ей, как все это случилось, и тем отвратить предстоящую грозу? Ничего ясного не соображает Тёма; он опрометью, точно его преследуют все те ведьмы и волшебники, о которых рассказывает ему по вечерам няня, убегает от злополучного места, минуя страшную теперь для него террасу, — террасу, где вдруг он может увидать грозную фигуру отца, который, конечно, по одному его виду сейчас же поймет, в чем дело.

Он бежит, и ноги бессознательно направляют его подальше от опасности. Он видит между деревьями большую площадку, посреди которой устроены качели и гимнастика и где возвышается высокий, выкрашенный зеленой краской столб для гигантских шагов, видит сестер, бонну—немку. Он делает вольт в сторону, незаметно пригнувшись, торопливо пробирается в виноградник, огибает большой каменный сарай, выходящий в сад своими глухими стенами, перелезает ограду, отделяющую сад от двора, и наконец благополучно достигает кухни.

Здесь он только свободно вздыхает.

В закоптелой, обширной, но низкой кухне, устроенной в подвальном этаже, освещенный сверху маленькими окнами, все спокойно, все идет своим чередом.

Повар, в грязном белом фартуке, белокурый, ленивый,

молодой, из бывших крепостных, Аким лениво собирается разводить плиту. Ему не хочется приниматься за скучную ежедневную работу, он тянет, хлопает дверцами печки, заглядывает в духовой ящик, внимательно осматривает, точно в первый раз видит конфорки, фыркает, брюзжит, двадцать раз их то сдвигает, то опять ставит на место...

На большом некрашеном столе в беспорядке валяются грязные тарелки. Горничная Таня, молодая девушка с длинной, еще нечесаной косой, торопливо обгладывает какую—то вчерашнюю холодную кость. Еремей в углу молча возится с концами упряжных ремней, бесконечно налаживая и пригоняя конец к концу, собираясь сшивать их приготовленными шилом и дратвой. Его жена, Настасья, толстая и грязная судомойка, громко и сердито перемывает тарелки, энергично хватая их со дна дымящейся теплой лоханки. Вытертые тарелки с шумом летят на рядом стоящую скамью. Рукава Настасьи засучены; здоровое белое тело на руках трясется при всяком ее движении, губы плотно сжаты, глаза сосредоточены и мечут искры.

Ровесник Тёмы — произведение Настасьи и Еремея — толстопузый рябой Иоська сидит на кровати, болтает ногами и пристает к матери, чтобы та дала ему грошик.

— Не дам, не дам, сто чертив твоей мами! — кричит отчаянно Настасья и еще плотнее стискивает свои губы, еще энергичнее сверкает глазами.

— Г—е?! — тянет Иоська плаксивую монотонную ноту. — Дай грошик.

— Отчипысь, прокляте! Будь ты скажено! — кричит Настасья, точно ее режут.

Тёма с завистью смотрит на эти простые, несложные отношения. Вот она, кажется, и кричит и бранится, а не боится ее Иоська. Если мать и побить его захочет, — а Иоська отлично знает, когда она этого захочет, — он, вырвавшись, убежит во двор. Если мать и бросится за ним и, не догнав, станет кричать своим громким голосом, так кричать, что живот ее то и дело будет подпрыгивать кверху: "Ходи сюда, бисова дытына!", то "бисова дытына" понимает, что ходить не следует, потому что его побьют, а так как ему именно этого не хочется, то он и не идет, но и не скрывается, инстинктивно сознавая, что очень раздражать не следует. Стоит Иоська где—нибудь поодаль и хнычет, лениво и притворно, а сам зорко следит за всяким движением матери; ноги у него расставлены, сам наклонился вперед, вот—вот готов дать нового стрекача.

Мать постоит, постоит, еще сто чертей посулит себе и уйдет в кухню. Иоська фланирует, развлекается, шалит, но голод заставляет его наконец возвратиться в кухню. Подойдет к двери и пустит пробный шар:

— Г—е?!

Это нечто среднее между нахальным требованием и просьбой о помиловании, между хныканьем и криком.

— Только взойды, бодай тебе чертяка взяла! — несется из кухни.

— Г—е?! — настойчивее и смелее повторяет Иоська.

Кончается все это тем, что дверь с шумом растворяется, Иоська с быстротой ветра улепетывает подальше, на пороге появляется грозная мать с первым попавшимся поленом в руках, которое летит вдогонку за блудным сыном.

Дело уже Иоськи увернуться от полена, но после этого путь к столу с объедками барской еды считается свободным. Иоська сразу сбрасывает свой скромный облик и с видом делового человека, которому некогда тратить время на пустые формальности, прямо и смело направляется к столу.

Если по дороге он все—таки получал иной раз легкую затрещину — он за этим не гнался и, огрызнувшись каким—нибудь упрямым звуком вроде "у—у!", энергично принимался за еду.

— Иеремей, Буланку закладывай! — кричит сверху нянька.
— В дрожки!
— Кто едет? — кричит снизу встрепенувшийся Тёма.
— Папа и мама в город.

Это целое событие.

— Скоро едут? — спрашивает Тёма.
— Одеваются.

Тёма соображает, что отец торопится, значит, перед отъездом в сад не пойдет, и, следовательно, до возвращения родителей он свободен от всяких взысканий. Он чувствует мгновенный подъем духа и вдохновенно кричит:

— Иоська, играться!

Он выбегает снова в сад и теперь смело и уверенно направляется к сестрам.

— Будем играться! — кричит он, подбегая. — В индейцев?!

И Тёма от избытка чувств делает быстрый прыжок перед сестрами.

Пока бонна и сестры, под предводительством старшей сестры Зины, обсуждают его предложение, он уже рыщет, отыскивая подходящий материал для луков. Бежать к изгороди слишком далеко, хочется скорей, сейчас... Тёма выхватывает несколько прутьев, почему—то торчавших из бочки, пробует их гибкость, но они ломаются, не годятся.

— Тёма! — раздается дружный вопль.

Тёма замирает на мгновенье.

— Это папины лозы! Что ты сделал?!

Но Тёма уже все и без этого сообразил: у него вихрем мелькает сознание необходимости протянуть время до отъезда, и он небрежно кричит:

— Знаю, знаю, папа приказал их выбросить — они не годятся!

И для большей убедительности он подбирает поломанные лозы и с помощью Иоськи несет их на черный двор. Зина подозрительно провожает его глазами, но Тёма искусно играет свою роль, идет тихо, не спеша вплоть до самой калитки. Но за калиткой он быстро бросает лозы; отчаянье охватывает его. Он стремительно бежит, бежит от мрачных мыслей тяжелой развязки, от туч, неизвестно откуда скопляющихся над его горизонтом. Одно с мучительной ясностью стоит в голове: поскорее бы отец и мать уезжали.

Еремей с озабоченным видом стоит около дрожек, нерешительно чешет спину, мрачно смотрит на немытый экипаж, на засохшую грязь и окончательно теряется от мысли, что теперь делать: начинать ли мыть, подмазывать ли, или уж так запрягать. Тёма волнуется, хлопочет, тащит хомут, понуждает Еремея выводить лошадь, и Еремей под таким энергичным давлением начинает наконец запрягать.

— Не так, панычику, не так, — громко замечает флегматичный Еремей, тяготясь этой суетливой, бурной помощью.

Тёме кажется, что время идет невыносимо медленно.

Наконец, экипаж готов.

Еремей надевает свой кучерской парусиновый кафтан с громадным сальным пятном на животе, клеенчатую с поломанными полями шляпу, садится на козлы, трогает, задевает обязательно за ворота, отделяющие грязный двор от чистого, и подкатывает к крыльцу.

Время бесконечно тянется. Отчего они не выходят? Вдруг не поедут?! Тёма переживает мучительные минуты. Но вот парадные двери отворяются, выходят отец с матерью.

Отец, седой, хмурый по обыкновению, в белом кителе, что—то озабоченно соображает; мать в кринолине, черных нитяных перчатках без пальцев, в шляпе с широкими черными лентами. Сестры бегут из сада. Мать наскоро крестит и целует их и спохватывается о Тёме; сестры ищут его глазами, но Тёма с Иоськой притаились за углом, и сестры говорят матери, что Тёма в саду.

— Будьте с ним ласковы.

Тёма, благоразумно решивший было не показываться, стремительно выскакивает из засады и стремительно бросается к матери. Если бы не отец, он сейчас бы ей все рассказал. Но он только особенно горячо целует ее.

— Ну, довольно! — говорит ласково мать и смутно соображает, что совесть Тёмы не совсем чиста.

Но мысль о забытых ключах отвлекает ее.

— Ключи, ключи! — говорит она, и все стремительно бросаются в комнаты за ключами.

Отец пренебрежительно косится на ласки сына и думает, что это воспитание выработает в конце концов из его сына какую—то противную слюнявку. Он срывает свое раздражение на Еремее.

— Буланка опять закована на правую переднюю ногу? — говорит он.

Еремей перегибается с козел и внимательно всматривается в отставленную ногу Буланки.

Тёма озабоченно следит за ними глазами. Еремей прокашливается и говорит каким—то поперхнувшимся голосом:

— Мабуть, оступывся.

Ложь возмущает и бесит отца.

— Болван! — говорит он, точно выстреливает из ружья.

Еремей энергично откашливается, ерзает на козлах и молчит. Тёма не понимает, за что отец бранит Еремея, и тоскливое чувство охватывает его.

— Размазня, лентяй! Грязь развел такую, что сесть нельзя.

Тёма быстро окидывает взглядом экипаж.

Еремей невозмутимо молчит. Тёма видит, что Еремею нечего сказать, что отец прав, и, облегченно вздыхая, чувствует удовлетворение за отца.

Ключи принесли, мать и отец сидят в экипаже, Еремей подобрал вожжи, Настасья стоит у ворот.

— Трогай! — приказывает отец.

Мать крестит детей и говорит: "Тёма, не шали", и экипаж торжественно выкатывается на улицу. Когда же он исчезает из глаз, Тёма вдруг ощущает такой прилив радости, что ему хочется выкинуть что—нибудь такое, чтобы все, все — и сестры, и бонна, и Настасья, и Иоська — так и ахнули. Он стоит, несколько мгновений ищет в уме чего—нибудь подходящего и ничего другого не может придумать, как, стремглав выбежав на улицу, перерезать дорогу какому—то несущемуся экипажу. Раздается общий отчаянный вопль:

— Тёма, Тёма, куда?!

— Тёма—а! — несется пронзительный крик бонны и достигает чуткого уха матери.

Из облака пыли вдруг раздается голос матери, сразу все понявшей:

— Тёма, домой!

Тёма, успевший пробежать до половины дороги,

останавливается, зажимает обеими руками рот, на мгновение замирает на месте, затем стремглав возвращается назад.

— А хочешь, я на Гнедке верхом поеду, как Еремей?! — мелькает в голове Тёмы новая идея, с которой он обращается к Зине.

— Ну да! Тебя Гнедко сбросит! — говорит пренебрежительно Зина.

Этого совершенно достаточно, чтоб у Тёмы явилось непреодолимое желание привести в исполнение свой план. Его сердце усиленно бьется и замирает от мысли, как поразятся все, когда увидят его верхом на Гнедке, и, выждав момент, он лихорадочно шепчет что—то Иоське. Они оба незаметно исчезают.

Препятствий нет.

В опустелой конюшне раздается ленивая, громкая еда Гнедка. Тёма дрожащими руками торопливо отвязывает повод. Красивый жеребец Гнедко пренебрежительно обнюхивает маленькую фигурку и нехотя плетется за тянущим его изо всей силы Тёмой.

— Но, но, — возбужденно понукает его Тёма, стараясь губами делать, как Еремей, когда тот выводит лошадь. Но от этого звука лошадь пугается, фыркает, задирает голову и не хочет выходить из низких дверей конюшни.

— Иоська, подгони ее сзади! — кричит Тёма.

Иоська лезет между ног лошади, но в это время Тёма опять кричит ему:

— Возьми кнут!

Получив удар, Гнедко стрелой вылетает из конюшни и едва не вырывается из рук Тёмы.

Тёма замечает, что Гнедко от удара кнутом взял сразу в галоп, и приказывает Иоське, когда он сядет, снова ударить лошадь.

Иоське одно удовольствие лишний раз хлестнуть лошадь.

Гнедко торжественно выводится с черного на чистый двор и подтягивается к близстоящей водовозной бочке. В последний момент к Иоське возвращается благоразумие.

— Упадете, панычику! — нерешительно говорит он.

— Ничего, — отвечает Тёма с пересохшим от волнения горлом. — Ты только, как я сяду, крепко ударь ее, чтоб она сразу в галоп пошла. Тогда легко сидеть!

Тёма, стоя на бочке, подбирает поводья, опирается руками на холку Гнедка и легко вспрыгивает ему на спину.

— Дети, смотрите! — кричит он, захлебываясь от удовольствия.

— Ай, ай, смотрите! — в ужасе взвизгивают сестры, бросаясь к ограде.

— Бей! — командует, не помня себя от восторга, Тёма.

Иоська из всей силы вытягивает кнутом жеребца. Лошадь, как ужаленная, мгновенно подбирается и делает первый непроизвольный скачок к улице, куда мордой она была поставлена, но затем, сообразив, она взвивается на дыбы, круто на задних ногах делает поворот и полным карьером несется назад в конюшню.

Тёме, каким-то чудом удержавшемуся при этом маневре, некогда рассуждать. Перед ним ворота черного двора; он вовремя успевает наклонить голову, чтобы не разбить ее о перекладину, и вихрем влетает на черный двор.

Здесь ужас его положения обрисовывается ему с неумолимою ясностью.

Он видит в десяти саженях перед собой высокую каменную стену конюшни и маленькую темную отворенную дверь и сознает, что разобьется о стену, если лошадь влетит в конюшню. Инстинкт самосохранения удесятеряет его силы, он натягивает, как может, левый повод, лошадь сворачивает с прямого пути, налетает на торчащее дышло, спотыкается, падает с маху на землю, а Тёма летит дальше и распластывается у самой стены, на мягкой, теплой куче навоза. Лошадь вскакивает и влетает в конюшню. Тёма тоже вскакивает, запирает за нею дверь и оглядывается.

Теперь, когда все благополучно миновало, ему хочется плакать, но он видит в воротах бонну, сестер и соображает по их вытянувшимся лицам, что они все видели. Он бодрится, но руки его дрожат; на нем лица нет, улыбка выходит какой-то жалкой, болезненной гримасой.

Град упреков сыплется на его голову, но в этих упреках он чувствует некоторое уважение к себе, удивление к его молодечеству и мирится с упреками. Непривычная мягкость, с какой Тёма принимает выговоры, успокаивает всех.

— Ты испугался? — пристает к нему Зина, — ты бледен, как стена, выпей воды, помочи голову.

Тёму торжественно ведут опять к бочке и мочат голову. Между ним, бонной и сестрой устанавливаются дружеские, миролюбивые отношения.

— Тёма, — говорит ласково Зина, — будь умным мальчиком, не распускай себя. Ты ведь знаешь свой характер, ты видишь: стоит тебе разойтись, тогда уж ты не удержишь себя и наделаешь чего—нибудь такого, чему и сам не будешь рад потом.

Зина говорит ласково, мягко, — просит.

Тёме это приятно, он сознает, что в словах сестры все — голая правда, и говорит:

— Хорошо, я не буду шалить.

Но маленькая Зина, хотя на год всего старше своего брата, уже понимает, как тяжело будет брату сдержать свое слово.

— Знаешь, Тёма, — говорит она как можно вкрадчивее, — ты лучше всего дай себе слово, что ты не будешь шалить. Скажи: любя папу и маму, я не буду шалить.

Тёма морщится.

— Тёма, тебе же лучше! — подъезжает Зина. — Ведь никогда еще папа и мама не приезжали без того, чтобы не наказать тебя. И вдруг приедут сегодня и узнают, что ты не шалил.

Просительная форма подкупает Тёму.

— Как люблю папу и маму, я не буду шалить.

— Ну, вот умница, — говорит Зина. — Смотри же, Тёма, — уже строгим голосом продолжает сестра, — грех тебе будет, если ты обманешь. И даже потихоньку нельзя шалить, потому что господь все видит, и если папа и мама не накажут, бог все равно накажет.

— Но играться можно?

— Все то можно, что фрейлейн скажет: можно, а что фрейлейн скажет: нельзя, то уже грех.

Тёма недоверчиво смотрит на бонну и насмешливо спрашивает:

— Значит, фрейлейн святая?

— Вот видишь, ты уж глупости говоришь! — замечает сестра.

— Ну, хорошо! будем играться в индейцев! — говорит Тёма.

— Нет, в индейцев опасно без мамы, ты разойдешься.

— А я хочу в индейцев! — настаивает Тёма, и в его голосе слышится капризное раздражение.

— Ну, хорошо! — спроси у фрейлейн, ведь ты обещал, как папу и маму любишь, слушаться фрейлейн?

Зина становится так, чтобы только фрейлейн видела ее лицо, а Тёма — нет.

— Фрейлейн, правда в индейцев играть не надо?

Тёма все же таки видит, как Зина делает невозможные гримасы фрейлейн; он смеется и кричит:

— Э, так нельзя!

Он бросается к фрейлейн, хватает ее за платье и старается повернуть от сестры. Фрейлен смеется.

Зина энергично подбегает к брату, кричит: "Оставь фрейлейн", а сама в то же время старается стать так, чтобы фрейлейн видела ее лицо, а брат не видел. Тёма понимает маневр, хохочет, хватает за платье сестру и делает попытку поворотить ее лицо к себе.

— Пусти! — отчаянно кричит сестра и тянет свое платье.

Тёма еще больше хохочет и не выпускает сестриного платья, держась другой рукой за платье бонны. Зина вырывается изо всей силы. Вдруг юбка фрейлейн с шумом разрывается пополам, и взбешенная бонна кричит:

— Думмер кнабе!..[1]

Тёма считает, что, кроме матери и отца, никто не смеет его

---

[1] Глупый мальчик!.. (от нем. dummer Knabe).

ругать. Озадаченный и сконфуженный неожиданным оборотом дела, но возмущенный, он, не задумываясь, отвечает:

— Ты сама!

— Ах! — взвизгивает фрейлейн.

— Тёма, что ты сказал?! — подлетает сестра. — Ты знаешь, как тебе за это достанется?! Проси сейчас прощения!!

Но требование — плохое оружие с Тёмой; он окончательно упирается и отказывается просить прощения. Доводы не действуют.

— Так ты не хочешь?! — угрожающим голосом спрашивает Зина.

Тёма трусит, но самолюбие берет верх.

— Так вот что, уйдем от него все, пусть он один остается.

Все, кроме Иоськи, уходят от Тёмы.

Сестра идет и беспрестанно оглядывается: не раскаялся ли Тёма. Но Тёма явного раскаяния не обнаруживает. Хотя сестра и видит, что Тёму кошки скребут, но этого, по ее мнению, мало. Ее раздражает упорство Тёмы. Она чувствует, что еще капельку — и Тёма сдастся. Она быстро возвращается, хватает Иоську за рукав и говорит повелительно:

— Уходи и ты, пусть он совсем один останется.

Неудачный маневр.

Тёма кидается на нее, толкает так, что она летит на землю, и кричит:

— Убирайся к черту!

Зина испускает страшных вопль, поднимается на руки, некоторое время не может продолжать кричать от схвативших ее горловых спазм и только судорожно поводит глазами.

Тёма в ужасе пятится. Зина испускает наконец новый отчаянный крик, но на этот раз Тёме кажется, что крик не совсем естественный, и он говорит:

— Притворяйся, притворяйся!

Зину поднимают и уводят; она хромает. Тёма внимательно следит и остается в мучительной неизвестности: действительно ли Зина хромает или только притворяется.

— Пойдем, Иоська! — говорит он, подавляя вздох.

Но Иоська говорит, что он боится и уйдет на кухню.

15

— Иоська, — говорит Тёма, — не бойся; я все сам расскажу маме.

Но кредит Тёмы в глазах Иоськи подорван. Он молчит, и Тёма чувствует, что Иоська ему не верит. Тёма не может остаться без поддержки друга в такую тяжелую для себя минуту.

— Иоська, — говорит он взволнованно, — если ты не уйдешь от меня, я после завтрака принесу тебе сахару.

Это меняет положение вещей.

— Сколько кусков? — спрашивает нерешительно Иоська.

— Два, три, — обещает Тёма.

— А куда пойдем?

— За горку! — отвечает Тёма, выбирая самый дальний угол сада. Он понимает, что Иоська не желал бы теперь встретиться с барышнями.

Они огибают двор, перелезают ограду и идут по самой отдаленной дорожке.

Тёма взволнован и переполнен всевозможными чувствами.

— Иоська, — говорит он, — какой ты счастливый, что у тебя нет сестер! Я хотел бы, чтобы у меня ни одной сестры не было. Если б они умерли все вдруг, я ни капельки не плакал бы о них. Знаешь: я попросил бы, чтобы тебя сделали моим братом. Хорошо?!

Иоська молчит.

— Иоська, — продолжает Тёма, — я тебя ужасно люблю... так люблю, что, что хочешь со мной делай...

Тёма напряженно думает, чем доказать Иоське свою любовь.

— Хочешь, зарой меня в землю... или, хочешь, плюнь на меня.

Иоська озадаченно глядит на Тёму.

— Милый, голубчик, плюнь... Милый, дорогой...

Тёма бросается Иоське на шею, целует его, обнимает и умоляет плюнуть.

После долгих колебаний Иоська осторожно плюет на кончик Тёминой рубахи.

Край рубахи с плевком Тёма поднимает к лицу и растирает по своей щеке.

Иоська пораженно и сконфуженно смотрит...

Тёма убежденно говорит:

— Вот... вот как я тебя люблю!

Друзья подходят к кладбищенской стене, отделяющей дом от старого, заброшенного кладбища.

— Иоська, ты боишься мертвецов? — спрашивает Тёма.

— Боюсь, — говорит Иоська.

Тёма предпочел бы похвастаться тем, что он ничего не боится, потому что его отец ничего не боится и что он хочет ничего не бояться, но в такую торжественную минуту он чистосердечно признается, что тоже боится.

— Кто ж их не боится? — разражается красноречивой тирадой Иоська. — Тут хоть самый первый генерал приди, как они ночью повылазят да рассядутся по стенкам, так и тот убежит. Всякий убежит. Тут побежишь, как за ноги да за плечи тебя хватать станет или вскочит на тебя, да и ну колотить ногами, чтобы вез его, да еще перегнется, да зубы и оскалит; у другого половина лица выгнила, глаз нет. Тут забоишься! Хоть какой, и то...

— Артемий Николаич, завтракать! — раздается по саду молодой, звонкий голос горничной Тани.

Из-за деревьев мелькает платье Тани.

— Пожалуйте завтракать, — говорит горничная, ласково и фамильярно обхватывая Тёму.

Таня любит Тёму. Она в чистом, светлом ситцевом платье; от нее несет свежестью, густая коса ее аккуратно расчесана, добрые карие глаза смотрят весело и мягко.

Она дружелюбно ведет за плечи Тёму, наклоняется к его уху и веселым шепотом говорит:

— Немка плакала!

Немку, несмотря на ее полную безобидность, прислуга не любит.

Тёма вспоминает, что в его столкновении с бонной у него союзники вся дворня, — это ему приятно, он чувствует подъем духа.

— Она назвала меня дураком, разве она смеет?

— Конечно, не смеет. Папаша ваш генерал, а она что? Дрянь какая-то. Зазналась.

— Правда, когда я маме скажу все — меня не накажут?

Таня не хочет огорчать Тёму; она еще раз наклоняется и еще раз его целует, гладит его густые золотистые волосы.

За завтраком обычная история. Тёма почти ничего не ест. Перед ним лежит на тарелке котлетка, он косится на нее и лениво пощипывает хлеб. Так как с ним никто не говорит, то обязанность уговаривать его есть добровольно берет на себя Таня.

— Артемий Николаевич, кушайте!

Тёма только сдвигает брови.

В Зине борется гнев к Тёме с желанием, чтобы он ел.

Она смотрит в окошко и, ни к кому особенно не обращаясь, говорит:

— Кажется, мама едет!

— Артемий Николаич, скорей кушайте, — шепчет испуганно Таня.

Тёма в первое мгновение поддается на удочку и хватает вилку, но, убедившись, что тревога ложная, опять кладет вилку на стол.

Зина снова смотрит в окно и замечает:

— После завтрака всем, кто хорошо ел, будет сладкое.

Тёме хочется сладкого, но не хочется котлеты.

Он начинает привередничать. Ему хочется налить на котлетку прованского масла.

Таня уговаривает его, что масло не идет к котлетке.

Но ему именно так хочется, и, так как ему не дают судка с маслом, он сам лезет за ним. Зина не выдерживает: она не может переваривать его капризов, быстро вскакивает, хватает судок с маслом и держит его в руке под столом.

Тёма садится на место и делает вид, что забыл о масле. Зина зорко следит и наконец ставит судок на стол, возле себя. Но Тёма улавливает подходящий момент, стремительно бросается к судку. Зина схватывает с другой стороны, и судок летит на пол, разбиваясь вдребезги.

— Это ты! — кричит сестра.

— Нет, ты!

— Это тебя бог наказал за то, что ты папу и маму не любишь.

— Неправда, я люблю! — кричит Тёма.

— Ласен зи инен[2], — говорит бонна и встает из-за стола.

За ней встают все, и начинается раздача пастилы. Когда очередь доходит до Тёмы, бонна колеблется. Наконец она отламывает меньшую против других порцию и молча кладет перед Тёмой.

Тёма возмущенно толкает свою порцию, и она летит на пол.

— Очень мило, — говорит Зина. — Мама все будет знать!

Тёма молчит и начинает ходить по комнате. Зину интересует: отчего сегодня Тёма не убегает, по обыкновению, сейчас после завтрака. Сначала она думает, что Тёма хочет просить прощения у бонны, и уже вступает в свои права: она доказывает, что теперь уже поздно, что после этого сделано еще столько...

— Убирайся вон! — перебивает грубо Тёма.

— И это мама будет знать! — говорит Зина и окончательно становится в тупик: зачем он не уходит?

Тёма продолжает упорно ходить по комнате и наконец достигает своего: все уходят, он остается один. Тогда он мгновенно кидается к сахарнице и запускает в нее руку...

Дверь отворяется. На пороге появляются бонна и Зина. Он бросает сахарницу и стремглав выскакивает на террасу.

Теперь все погибло! Такой поступок, как воровство, даже мать не простит!

К довершению несчастия собирается гроза. По небу полезли со всех сторон тяжелые грозовые тучи; солнце исчезло; как-то сразу потемнело: в воздухе запахло дождем. Ослепительной змейкой блеснула молния, над самой головой оглушительными раскатами прокатился гром. На минуту все стихло, точно притаилось, выжидая. Что-то зашумело —

---

[2] Оставьте его (от нем. lassen sie ihn).

ближе, ближе, и первые тяжелые, большие капли дождя упали на землю. Через несколько мгновений все превратилось в сплошную серую массу. Целые реки полились сверху. Была настоящая южная гроза.

Волей—неволей надо бежать в комнаты, и так как вход туда Иоське воспрещен, то Тёме приходится остаться одному, наедине со своими грустными мыслями.

Скучно. Время бесконечно тянется.

Тёма уселся на окне в детской и уныло следил, как потоки воды стекали по стеклам, как постепенно двор наполнялся лужами, как бульки и пузыри точно прыгали по мутной и грязной поверхности.

— Артемий Николаич, кушать хотите? — спросила, появляясь в дверях, Таня.

Тёме давно хотелось есть, но ему было лень оторваться.

— Хорошо, только сюда принеси хлеба и масла.

— А котлетку?

Тёма отрицательно замотал головой.

В ожидании Тёма продолжал смотреть в окно. Потому ли, что ему не хотелось оставаться наедине со своими мыслями, потому ли, что ему было скучно и он придумывал, чем бы ему еще развлечься, или, наконец, по общечеловеческому свойству вспоминать о своих друзьях в тяжелые минуты жизни, Тёма вдруг вспомнил о своей Жучке. Он вспомнил, что целый день не видал ее. Жучка никогда никуда не отлучалась.

Тёме пришли вдруг в голову таинственные недружелюбные намеки Акима, не любившего Жучку за то, что она таскала у него провизию. Подозрение закралось в его душу. Он быстро слез с окна, пробежал детскую, соседнюю комнату и стал спускаться по крутой лестнице, ведущей в кухню. Этот ход был строго—настрого воспрещен Тёме (за исключением, когда бралась ванна), ввиду возможности падения, но теперь Тёме было не до того.

— Аким, где Жучка? — спросил Тёма, войдя в кухню.

— А я откуда знаю? — отвечал Аким, тряхнув своими курчавыми волосами.

— Ты не убивал ее?

— Ну вот, стану я руки марать об этакую дрянь.

— Ты говорил, что убьешь ее?

— Ну! А вы и поверили? так, шутил.

И, помолчав немного, Аким проговорил самым естественным голосом:

— Лежит где—нибудь притаившись от дождя. Да вы разве ее не видали сегодня?

— Нет, не видал.

— Не знаю. Польстился разве кто, украл?

Тёма было совсем поверил Акиму, но последнее предположение опять смутило его.

— Кто же ее украдет? Кому она нужна? — спросил он.

— Да никому, положим, — согласился Аким. — Дрянная собачонка.

— Побожись, что ты ее не убил! — И Тёма впился глазами в Акима.

— Да что вы, панычику? Да ей—богу же я ее не убивал! Что ж вы мне не верите?

Тёме стало неловко, и он проговорил, ни к кому особенно не обращаясь:

— Куда ж она девалась?

И так как ответа никакого не последовало, то Тёма, оглянувши еще раз Акима и всех присутствовавших, причем заметил лукавый взгляд Иоськи, свесившегося с печки и с любопытством наблюдавшего всю сцену, возвратился наверх.

Он опять уселся на окно в детской и все думал: куда могла деваться Жучка?

Перед ним живо рисовалась Жучка, тихая, безобидная Жучка, и мысль, что ее могли убить, наполнила его сердце такой горечью, что он не выдержал, отворил окно и стал звать изо всей силы:

— Жучка, Жучка! На, на, на! Цу—цу! Цу—цу! Фью, фью, фью!

В комнату ворвался шум дождя и свежий сырой воздух. Жучка не отзывалась.

Все неудачи дня, все пережитые невзгоды, все предстоящие

ужасы и муки, как возмездие за сделанное, отодвинулись на задний план перед этой новой бедой: *лишиться Жучки*.

Мысль, что он больше не увидит своей курчавой Жучки, не увидит больше, как она при его появлении будет жалостно визжать и ползти к нему на брюхе, мысль, что, может быть, уже больше ее нет на свете, переполняла душу Тёмы отчаянием, и он тоскливо продолжал кричать:

— Жучка! Жучка!

Голос его дрожал и вибрировал, звучал так нежно и трогательно, что Жучка должна была отозваться.

Но ответа не было.

Что делать?! Надо немедленно искать Жучку.

Вошедшая Таня принесла хлеб.

— Подожди, я сейчас приду.

Тёма опять спустился по лестнице, которая вела на кухню, осторожно пробрался мимо дверей, узким коридором достиг выхода, некоторое время постоял в раздумье и выбежал во двор.

Осмотрев черный двор, он заглянул во все любимые закоулки Жучки, но Жучки нигде не было. Последняя надежда! Он бросился к воротам заглянуть в будку цепной собаки. Но у самых ворот Тёма услышал шум колес подъехавшего экипажа и, прежде чем что-нибудь сообразить, столкнулся лицом к лицу с отцом, отворявшим калитку. Тёма опрометью бросился к дому.

II

НАКАЗАНИЕ

Коротенькое следствие обнаруживает, по мнению отца, полную несостоятельность системы воспитания сына. Может быть, для девочек она и годится, но натуры мальчика и девочки — вещи разные. Он по опыту знает, что такое мальчик и чего ему надо. Система?! Дрянь, тряпка, негодяй выйдет по этой системе. Факты налицо, грустные факты — воровать начал. Чего еще дожидаться?! Публичного позора?! Так прежде он сам его своими руками задушит. Под тяжестью этих доводов мать уступает, и власть на время переходит к отцу.

Двери кабинета плотно затворяются.

Мальчик тоскливо, безнадежно оглядывается. Ноги его совершенно отказываются служить, он топчется, чтобы не упасть. Мысли вихрем, с ужасающей быстротой несутся в его голове. Он напрягается изо всех сил, чтобы вспомнить то, что он хотел сказать отцу, когда стоял перед цветком. Надо торопиться. Он глотает слюну, чтобы смочить пересохшее горло, и хочет говорить прочувствованным, убедительным тоном:

— Милый папа, я придумал... я знаю, что я виноват... Я придумал: отруби мои руки!..

Увы! то, что казалось так хорошо и убедительно там, когда он стоял пред сломанным цветком, здесь выходит очень неубедительно. Тёма чувствует это и прибавляет для усиления впечатления новую, только что пришедшую ему в голову комбинацию:

— Или отдай меня разбойникам!

— Ладно, — говорит сурово отец, окончив необходимые приготовления и направляясь к сыну. — Расстегни штаны...

Это что—то новое?! Ужас охватывает душу мальчика; руки его, дрожа, разыскивают торопливо пуговицы штанишек; он испытывает какое—то болезненное замирание, мучительно

23

роется в себе, что еще сказать, и наконец голосом, полным испуга и мольбы, быстро, несвязно и горячо говорит:

— Милый мой, дорогой, голубчик... Папа! Папа! Голубчик... Папа, милый папа, постой! Папа?! Ай, ай, ай! Аяяяй!..

Удары сыплются. Тёма извивается, визжит, ловит сухую, жилистую руку, страстно целует ее, молит. Но что—то другое рядом с мольбой растет в его душе. Не целовать, а бить, кусать хочется ему эту противную, гадкую руку. Ненависть, какая—то дикая, жгучая злоба охватывает его.

Он бешено рвется, но железные тиски еще крепче сжимают его.

— Противный, гадкий, я тебя не люблю! — кричит он с бессильной злобой.

— Полюбишь!

Тёма яростно впивается зубами в руку отца.

— Ах ты змееныш?!

И ловким поворотом Тёма на диване, голова его в подушке. Одна рука придерживает, а другая продолжает хлестать извивающегося, рычащего Тёму.

Удары глухо сыплются один за другим, отмечая рубец за рубцом на маленьком посинелом теле.

С помертвелым лицом ждет мать исхода, сидя одна в гостиной. Каждый вопль рвет ее за самое сердце, каждый удар терзает до самого дна ее душу.

Ах! Зачем она опять дала себя убедить, зачем связала себя словом не вмешиваться и ждать?

Но разве он смел так связать ее словом?! И, наконец, он сам увлекающийся, он может не заметить, как забьет мальчика! Боже мой! Что это за хрип?!

Ужас наполняет душу матери.

— Довольно, довольно! — кричит она, врываясь в кабинет. — Довольно!!.

— Полюбуйся, каков твой звереныш! — сует ей отец прокушенный палец.

Но она не видит этого пальца. Она с ужасом смотрит на диван, откуда слезает в это время растрепанный, жалкий, огаженный звереныш и дико, с инстинктом зверя, о котором на минуту забыли, пробирается к выходу. Мучительная боль пронизывает мать. Горьким чувством звучат ее слова, когда она говорит мужу:

— И это воспитание?! Это знание натуры мальчика?! Превратить в жалкого идиота ребенка, вырвать его человеческое достоинство — это воспитание?!

Желчь охватывает ее. Вся кровь приливает к ее сердцу. Острой, тонкой сталью впивается ее голос в мужа.

— О жалкий воспитатель! Щенков вам дрессировать, а не людей воспитывать!

— Вон! — ревет отец.

— Да, я уйду, — говорит мать, останавливаясь в дверях, — но объявляю вам, что через мой труп вы перешагнете, прежде чем я позволю вам еще раз высечь мальчика.

Отец не может прийти в себя от неожиданности и негодования. Не скоро успокаивается он и долго еще мрачно ходит по комнате, пока наконец не останавливается возле окна, рассеянно всматривается в заволакиваемую ранними сумерками серую даль и возмущенно шепчет:

— Ну, извольте вы тут с бабами воспитывать мальчика!

III

ПРОЩЕНИЕ

В то же время мать проходит в детскую, окидывает ее быстрым взглядом, убеждается, что Тёмы здесь нет, идет дальше, пытливо всматривается на ходу в отворенную дверь маленькой комнаты, замечает в ней маленькую фигурку Тёмы, лежащего на диване с уткнувшимся лицом, проходит в столовую, отворяет дверь в спальную и сейчас же плотно затворяет ее за собой.

Оставшись одна, она тоже подходит к окну, смотрит и не видит темнеющую улицу. Мысли роем носятся в ее голове.

Пусть Тёма так и лежит, пусть придет в себя, надо его теперь совершенно предоставить себе... Белье бы переменить... Ах, боже мой, боже мой, какая страшная ошибка, как могла она допустить это! Какая гнусная гадость! Точно ребенок сознательный негодяй! Как не понять, что если он делает глупости, шалости, то делает только потому, что не видит дурной стороны этой шалости. Указать ему эту дурную сторону, не с своей, конечно, точки зрения взрослого человека, с его, детской, не себя убедить, а его убедить, задеть самолюбие, опять—таки его детское самолюбие, его слабую сторону, суметь добиться этого — вот задача правильного воспитания.

Сколько времени надо, пока все это опять войдет в колею, пока ей удастся опять подобрать все эти тонкие, неуловимые нити, которые связывают ее с мальчиком, нити, которыми она втягивает, так сказать, этот живой огонь в рамки повседневной жизни, втягивает, щадя и рамки, щадя и силу огня — огня, который со временем ярко согреет жизнь соприкоснувшихся с ним людей, за который тепло поблагодарят ее когда—нибудь люди. Он, муж, конечно, смотрит с точки зрения своей солдатской дисциплины, его самого так воспитывали, ну и сам он готов сплеча обрубить все сучки и задоринки молодого деревца, обрубить, даже не сознавая, что рубит с ними будущие ветки...

Няня маленькой Ани просовывает свою по—русски повязанную голову.

— Аню перекрестить...

— Давай! — И мать крестит девочку.

— Артемий Николаевич в комнате? — спрашивает она няню.

— Сидят у окошка.

— Свечка есть?

— Потушили. Так в темноте сидят.

— Заходила к нему?

— Заходила... Куды!.. Эх!.. — Но няня удерживается, зная, что барыня не любит нытья.

— А больше никто не заходил?

— Таня еще... кушать носила.

— Ел?

— И—и! Боже упаси, и смотреть не стал... Целый день не емши. За завтраком маковой росинки не взял в рот.

Няня вздыхает и, понижая голос, говорит:

— Белье бы ему переменить да обмыть... Это ему, поди, теперь пуще всего зазорно...

— Ты говорила ему о белье?

— Нет... Куда!.. Как только наклонилась было, а он этак плечиками как саданет меня... Вот Таню разве послушает...

— Ничего не надо говорить... Никто ничего не замечайте... Прикажи, чтобы приготовили обе ванны поскорее для всех, кроме Ани... Позови бонну... Смотри, никакого внимания...

— Будьте спокойны, — говорит сочувствующим голосом няня.

Входит фрейлейн.

Она очень жалеет, что все так случилось, но с мальчиком ничего нельзя было сделать...

— Сегодня дети берут ванну, — сухо перебивает мать. — Двадцать два градуса.

— Зер гут[3], мадам, — говорит фрейлейн и делает книксен.

Она чувствует, что мадам недовольна, но ее совесть чиста.

---

[3] Очень хорошо (от нем. sehr gut).

Она не виновата; фрейлейн Зина свидетельница, что с мальчиком нельзя было справиться. Мадам молчит: бонна знает, что это значит. Это значит, что ее оправдания не приняты.

Хотя она очень дорожит местом, но ее совесть спокойна. И, в сознании своей невинности, она скромно, но с чувством оскорбленного достоинства берется за ручку.

— Позовите Таню.

— Зер гут, мадам, — отвечает бонна и уже за дверями делает книксен.

В последней нотке мадам бонна услыхала что—то такое, что возвращает ей надежду удержать за собой место, и она воскресшим голосом говорит:

— Таню, бариня идить!

Таня оправляется и входит в спальню.

Таня всегда купает Тёму. Летом, в те дни, когда детей не мылили, ему разрешалось самому купаться, без помощи Тани, и это доставляло Тёме всегда громадное удовольствие: он купался, как папа, один.

— Если Артемий Николаевич пожелает купаться один, пусть купается. Перед тем как вести его в ванную, положи на стол кусок хлеба — не отрезанный, а так, отломанный, как будто нечаянно его забыли. Понимаешь?

Таня давно все поняла и весело и ласково отвечает:

— Понимаю, сударыня!

— Купаться будут все; сначала барышни, а потом Артемий Николаевич. Ванну на двадцать два градуса. Ступай.

Но тотчас же мать снова позвала Таню и прибавила:

— Таня, перед тем как поведешь Артемия Николаевича, убавь в ванной свет в лампе так, чтобы был полумрак. И поведешь его не через детскую, а прямо через девичью… И чтоб никого в это время не было, когда он будет идти. В девичьей тоже убавь свет.

— Слушаю—с.

Купанье — всегда событие и всегда приятное. Но на этот раз в детской оживление слабое. Дети находятся под влиянием наказания брата, а главное — нет поджигателя обычного возбуждения, Тёмы. Дети идут как—то лениво, купанье какое—то неудачное, поспешное, и через двадцать минут они уже, в белых чепчиках, гуськом возвращаются назад в детскую.

Под дыханием мягкой южной ночи мать Тёмы возбужденно ходит по комнате.

По свойству своей оптимистической натуры она не хочет больше думать о настоящем: оно будет исправлено, ошибка не повторится, и довольно.

Чтобы развлечь себя, она вышла на террасу подышать свежим воздухом.

Она видит в окно возвращающееся из ванной шествие и останавливается.

Вот впереди идет Зина — требовательный к себе и другим, суровый, жгучий исполнитель воли. Девочка загадочно, непреклонно смотрит своими черными, как ночь юга, глазами и точно видит уже где—то далеко какой—то ей одной ведомый мир.

Вот тихая, сосредоточенная, болезненная Наташа смотрит своими вдумчивыми глазами, пытливо чуя и отыскивая те тонкие, неуловимые звуки, которые, собранные терпеливо и нежно, чудно зазвучат со временем близким сладкою песнью любви и страданий.

Вот Маня — ясное майское утро, готовая всех согреть, осветить своими блестящими глазками.

Сережик — "глубокий философ", маленький Сережик, только что начинающий настраивать свой сложный маленький механизм, только что пробующий трогать его струны и чутко прислушивающийся к этим тонким, протяжным отзвучьям, — невольно манит к себе.

— Эт—та что? — медленно, певуче тянет он и так же медленно подымает свой маленький пальчик.

— Синее небо, мой милый.

— Эт—та что?

— Небо, мой крошка, небо, малютка, недосягаемое синее небо, куда вечно люди смотрят, но вечно ходят по земле.

Вот и Аня поднялась с своей кроватки навстречу идущим

— крошечная Аня, маленький вопросительный знак, с теплыми веселыми глазками.

А вот промелькнула в девичьей фигуре ее набедокурившего баловня — живого, как огонь, подвижного, как ртуть, неуравновешенного, вечно взбудораженного, возбужденного, впечатлительного, безрассудного сына. Но в этой сутолоке чувств сидит горячее сердце.

Продолжая гулять, мать обошла террасу и пошла к ванной.

Шествие при входе в детскую заключает маленький Сережик, с откинутыми ручонками, как—то потешно ковыляющий на своих коротеньких ножках.

— А папа Тёму би—й, — говорит он, вспоминая почему—то о наказании брата.

— Тс! — подлетает к нему стремительно Зина, строго соблюдавшая установленное матерью правило, что о наказаниях, постигших виновных, не имеют права вспоминать.

Но Сережик еще слишком мал. Он знать не желает никаких правил и потому снова начинает:

— А папа...

— Молчи! — зажимает ему рот Зина. Сережик уже собирает в хорошо ему знакомую гримасу лицо, но Зина начинает быстро, горячо нашептывать брату что—то на ухо, указывая на двери соседней комнаты, где сидит Тёма. Сережик долго недоверчиво смотрит, не решаясь распроститься с сделанной гримасой и извлечь из нее готовый уже вопль, но в конце концов уступает сестре, идет на компромисс и соглашается смотреть картинки зоологического атласа.

— Артемий Николаич, пожалуйте! — говорит веселым голосом Таня, отворяя дверь маленькой комнаты со стороны девичьей.

Тёма молча встает и стесненно проходит мимо Тани.

— Одни или со мной? — беспечно спрашивает она вдогонку.

— Один, — отвечает быстро, уклончиво Тёма и спешит пройти девичью.

Он рад полумраку. Он облегченно вздыхает, когда затворяет за собой дверь ванной. Он быстро раздевается и лезет

30

в ванну. Обмывшись, он вылезает, берет свое грязное белье и начинает полоскать его в ванне. Ему кажется, он умер бы со стыда, если бы кто—нибудь узнал, в чем дело; пусть лучше будет мокрое. Кончив свою стирку, Тёма скомкивает в узел белье и ищет глазами, куда бы его сунуть; он засовывает наконец свой узел за старый, запыленный комод. Успокоенный, он идет одеваться, и глаза его наталкиваются на кусок, очевидно, забытого кем—то хлеба. Мальчик с жадностью кидается на него, так как целый день ничего не ел. Годы берут свое: он сидит на скамейке, болтает ножонками и с наслаждением ест. Всю эту сцену видит мать и взволнованно отходит от окна. Она гонит от себя впечатление этой сцены, потому что чувствует, что готова расплакаться. Она освежает лицо, поворачиваясь навстречу мягкому южному ветру, стараясь ни о чем не думать.

Кончив есть, Тёма встал и вышел в коридор. Он подошел к лестнице, ведущей в комнаты, остановился на мгновенье, подумал, прошел мимо по коридору и, поднявшись на крыльцо, нерешительно вполголоса позвал:

— Жучка, Жучка!

Он подождал, послушал, вдохнул в себя аромат масличного дерева, потянулся за ним и, выйдя во двор, стал пробираться к саду.

Страшно! Он прижался лицом между двух стоек ограды и замер, охваченный весь каким—то болезненным утомлением.

Ночь после бури.

Чем—то волшебным рисуется в серебристом сиянии луны сад. Разорванно пробегают в далеком голубом небе последние влажные облака. Ветер точно играет в пустом пространстве между садом и небом. Беседка задумчиво смотрит на горке. А вдруг мертвецы, соскучившись сидеть на стене, забрались в беседку и смотрят оттуда на Тёму? Как—то таинственно страшно молчат дорожки. Деревья шумят, точно шепчут друг другу: "Как страшно в саду". Вот что—то черное беззвучно будто мелькнуло в кустах: на Жучку похоже! А может быть, Жучки давно и нет?! Как жутко вдруг стало. А там что белеет?! Кто—то идет по террасе.

— Артемий Николаевич, — говорит, отворяя калитку и подходя к нему, Таня, — спать пора.

Тёма точно просыпается.

Он не прочь, он устал, но перед сном надо идти прощаться, надо пожелать спокойной ночи маме и папе. Ох, как не хочется! Он сжал судорожно крепко руками перила ограды и еще плотнее прильнул к ним лицом.

— Артемий Николаич, Тёмочка, милый мой барин, — говорит Таня и целует руки Тёмы, — идите к мамаше! Идите, мой милый, дорогой, — говорит она, мягко отрывая и увлекая его за собой, осыпая на ходу поцелуями...

Он в спальне у матери.

Только лампадка льет из киота свой неровный, трепетный свет, слабо освещая предметы.

Он стоит на ковре. Перед ним в кресле сидит мать и что—то говорит ему. Тёма точно во сне слушает ее слова, они безучастно летают где—то возле его уха. Зато на маленькую Зину, подслушивающую у двери, речь матери бесконечно сильно действует своею убедительностью. Она не выдерживает больше и, когда до нее долетают вдруг слова матери: "а если тебе не жаль, значит, ты не любишь маму и папу", врывается в спальню и начинает горячо:

— Я говорила ему...

— Как ты смела, скверная девчонка, подслушивать?!

И "скверная девчонка", подхваченная за руку, исчезает мгновенно за дверью. Это изгнание его маленького врага пробуждает Тёму. Он опять живет всеми нервами своего организма. Все горе дня встает перед ним. Он весь проникается сознанием зла, нанесенного ему сестрой. Обидное чувство, что его никто не хочет выслушать, что к нему несправедливы, охватывает его.

— Все только слушают Зину... Все целый день на меня нападают, меня никто не—е любит и никто не хо—о—чет вы—ы—слу—у...

И Тёма горько плачет, закрывая руками лицо.

Долго плачет Тёма, но горечь уже вылита.

Он передал матери всю повесть грустного дня, как она

слагалась роковым образом. Его глаза распухли от слез; он нервно вздрагивает и нет—нет всхлипывает тройным вздохом. Мать, сидя с ним на диване, ласково гладит его густые волосы и говорит ему:

— Ну, будет, будет... мама не сердится больше... мама любит своего мальчика... мама знает, что он будет у нее хороший, любящий, когда поймет только одну маленькую, очень простую вещь. И Тёма может ее уже понять. Ты видишь, сколько горя с тобой случилось, а как ты думаешь отчего? А я тебе скажу: оттого, что ты еще маленький трус...

Тёма, ждавший всяких обвинений, но только не этого, страшно поражен и задет этим неожиданным выводом.

— Да, трус! Ты весь день боялся правды. И из—за того, что ты ее боялся, все беды твои и случились. Ты сломал цветок. Чего ты испугался? Пойти сказать правду сейчас же. Если б даже тебя и наказали, то ведь, как теперь сам видишь, тем, что не сказал правды, наказанья не избег. Тогда как, если бы ты правду сказал, тебя, может быть, и не наказали бы. Папа строгий, но папа сам может упасть, и всякий может. Наконец, если ты боялся папы, отчего ты не пришел ко мне?

— Я хотел сказать, когда вы садились в дрожки...

Мать вспомнила и пожалела, что не дала хода охватившему ее тогда подозрению.

— Отчего ты не сказал?

— Я боялся папы...

— Сам же говоришь, что боялся, значит — трус. А трусить, бояться правды — стыдно. Боятся правды скверные, дурные люди, а хорошие люди правды не боятся и согласны не только, чтобы их наказывали за то, что они говорят правду, но рады и жизнь отдать за правду.

Мать встала, подошла к киоту, вынула оттуда распятие и села опять возле сына.

— Кто это?

— Бог.

— Да, бог, который принял вид человека и сошел с неба на землю. Ты знаешь, зачем он пришел? Он пришел научить

33

людей говорить и делать правду. Ты видишь, у него на руках, на ногах и вот здесь кровь?

— Вижу.

— Эта кровь оттого, что его распяли, то есть повесили на кресте; пробили ему гвоздями руки, ноги, пробили ему бок, и он умер от этого. Ты знаешь, что бог все может, ты знаешь, что он пальцем вот так пошевелит — и все, все мы сейчас умрем и ничего не будет: ни нашего дома, ни сада, ни земли, ни неба. Как ты думаешь теперь, отчего он позволил себя распять, когда мог бы взглядом уничтожить этих дурных людей, которые его умертвили? Отчего?

Мать замолкла на мгновение и, выразительно, мягко заглядывая в широко раскрытые глаза своего любимца — сына, проговорила:

— Оттого, что он не боялся правды, оттого, что правда была ему дороже жизни, оттого, что он хотел показать всем, что за правду не страшно умереть. И когда он умирал, он сказал: кто любит меня, кто хочет быть со мной, тот должен не бояться правды. Вот когда ты подрастешь и узнаешь, как люди жили прежде, узнаешь, что нельзя было бы жить на земле без правды, тогда ты не только перестанешь бояться правды, а полюбишь ее так, что захочешь умереть за нее, тогда ты будешь храбрый, добрый, любящий мальчик. А тем, что ты сядешь на сумасшедшую лошадь, ты покажешь другим и сам убедишься только в том, что ты еще глупый, не понимающий сам, что делаешь, мальчик, а вовсе не то что ты храбрый, потому что храбрый знает, что делает, а ты не знаешь. Вот когда ты знал, что папа тебя накажет, ты убежал, а храбрый так не делает. Папа был на войне: он знал, что там страшно, а все — таки пошел. Ну, довольно: поцелуй маму и скажи ей, что ты будешь добрый мальчик.

Тёма молча обнял мать и спрятал голову на ее груди.

IV

СТАРЫЙ КОЛОДЕЗЬ

Ночь. Тёма спит нервно и возбужденно. Сон то легкий, то тяжелый, кошмарный. Он то и дело вздрагивает. Снится ему, что он лежит на песчаной отмели моря, в том месте, куда их возят купаться, лежит на берегу моря и ждет, что вот—вот накатится на него большая холодная волна. Он видит эту прозрачную зеленую волну, как она подходит к берегу, видит, как пеной закипает ее верхушка, как она вдруг точно вырастает, подымается перед ним высокой стеной; он с замиранием и наслаждением ждет ее брызг, ее холодного прикосновения, ждет привычного наслаждения, когда подхватит его она, стремительно помчит к берегу и выбросит вместе с массою мелкого колючего песку; но вместо холода, того живого холода, которого так жаждет воспаленное от начинающейся горячки тело Тёмы, волна обдает его какими—то удушливым жаром, тяжело наваливается и душит... Волна опять отливает, ему опять легко и свободно, он открывает глаза и садится на кровати.

Неясный полусвет ночника слабо освещает четыре детских кроватки и пятую большую, на которой сидит теперь няня в одной рубахе, с выпущенной косой, сидит и сонно качает маленькую Аню.

— Няня, где Жучка? — спрашивает Тёма.

— И—и, — отвечает няня, — Жучку в старый колодезь бросил какой—то ирод. — И, помолчав, прибавляет: — Хоть бы убил сперва, а то так, живьем... Весь день, говорят, визжала, сердечная...

Тёме живо представляется старый заброшенный колодезь в углу сада, давно превращенный в свал всяких нечистот, представляется скользящее, жидкое дно его, которое иногда с Иоськой они любили освещать, бросая туда зажженную бумагу.

— Кто бросил? — спрашивает Тёма.

— Да ведь кто? Разве скажет!

Тёма с ужасом вслушивается в слова няни. Мысли роем теснятся в его голове, у него мелькает масса планов, как спасти Жучку, он переходит от одного невероятного проекта к другому и незаметно для себя снова засыпает. Он просыпается опять от какого—то толчка среди прерванного сна, в котором он все вытаскивал Жучку какой—то длинной петлей. Но Жучка все обрывалась, пока он не решил сам лезть за нею. Тёма совершенно явственно помнит, как он привязал веревку к столбу и, держась за эту веревку, начал осторожно спускаться по срубу вниз; он уж добрался до половины, когда ноги его вдруг соскользнули, и он стремглав полетел на дно вонючего колодца. Он проснулся от этого падения и опять вздрогнул, когда вспомнил впечатление падения.

Сон с поразительной ясностью стоял перед ним. Через ставни слабо брезжил начинающийся рассвет.

Тёма чувствовал во всем теле какую—то болезненную истому, но, преодолев слабость, решил немедля выполнить первую половину сна. Он начал быстро одеваться. В голове у него мелькнуло опасение, как бы опять эта затея не затянула его на путь вчерашних бедствий, но, решив, что ничего худого пока не делает, он, успокоенный, подошел к няниной постели, поднял лежавшую на полу коробку с серными спичками, взял горсть их к себе в карман, на цыпочках прошел через детскую и вышел в столовую. Благодаря стеклянной двери на террасу здесь было уже порядочно светло.

В столовой царил обычный утренний беспорядок — на столе стоял холодный самовар, грязные стаканы, чашки, валялись на скатерти куски хлеба, стояло холодное блюдо жаркого с застывшим белым жиром.

Тёма подошел к отдельному столику, на котором лежала кипа газет, осторожно выдернул из середины несколько номеров, на цыпочках подошел к стеклянной двери и тихо, чтобы не произвести шума, повернул ключ, нажал ручку и вышел на террасу.

Его обдало свежей сыростью рассвета.

День только что начинался. По бледному голубому небу там и сям точно клочьями повисли мохнатые, пушистые облака. Над садом легкой дымкой стоял туман. На террасе было пусто, и только платок матери, забытый на скамейке, одиноко валялся, живо напомнив Тёме вчерашний вечер со всеми его перипетиями и с сладким примирительным концом.

Он спустился по ступенькам террасы в сад. В саду царил такой же беспорядок вчерашнего дня, как и в столовой. Цветы с слепившимися перевернутыми листьями, как их прибил вчера дождь, пригнулись к грязной земле. Мокрые желтые дорожки говорили о силе вчерашних потоков. Деревья, с опрокинутой ветром листвой, так и остались наклоненными, точно забывшись в сладком предрассветном сне.

Тёма пошел по главной аллее, потому что в каретнике надо было взять для петли вожжи. Что касается до жердей, то он решил выдернуть их из беседки.

Проходя мимо злополучного места, с которого начинались его вчерашние страдания, Тёма увидел цветок, лежавший опрокинутым на земле. Его, очевидно, смыло вчерашним ливнем.

"Вот ведь все можно было бы свалить на вчерашний дождь", — сообразил Тёма и пожалел, что теперь уж это бесполезно. Но пожалел как—то безучастно, равнодушно. Болезнь быстро прогрессировала. Он чувствовал жар в теле, в голове, общую слабость, болезненное желание упасть на траву, закрыть глаза и так лежать без движения. Ноги его дрожали, иногда он вздрагивал, потому что ему все казалось, что он куда—то падает. Иногда вдруг воскресала перед ним какая—нибудь мелочь из прошлого, которую он давно забыл, и стояла с болезненной ясностью. Тёма вспомнил, что года два тому назад дядя Гриша обещал подарить ему такую лошадку, которая сама, как живая, будет бегать.

Он долго мечтал об этой лошадке и все ждал, когда дядя Гриша привезет ее ему, окидывая пытливым взглядом дядю при каждом его приезде и не решаясь напомнить о забытом обещании. Потом он сам забыл об этом, а теперь вдруг вспомнил.

В первое мгновение он встрепенулся от мысли, что вдруг дядя вспомнит и привезет ему обещанную лошадку, но потом подумал, что теперь ему все равно, ему уж не интересна больше эта лошадка. "Я маленький тогда был", — подумал Тёма.

Каретник оказался запертым, но Тёма знал и без замка ход в него: он пригнулся к земле и подлез в подрытую собаками подворотню. Очутившись в сарае, он взял двое вожжей и захватил на всякий случай длинную веревку, служившую для просушки белья.

При взгляде на фонарь он подумал, что будет удобнее осветить колодезь фонарем, чем бумагой, потому что горящая бумага может упасть на Жучку — обжечь ее. Выбравшись из сарая, Тёма избрал кратчайший путь к беседке — перелез прямо через стену, отделявшую черный двор от сада. Он взял в зубы фонарь, намотал на шею вожжи, подвязался веревкой и полез на стену. Он мастер был лазить, но сегодня трудно было взбираться: в голову точно стучали два молотка, и он едва не упал. Взобравшись наверх, он на мгновение присел, тяжело дыша, потом свесил ноги и наклонился, чтобы выбрать место, куда прыгнуть. Он увидел под собой сплошные виноградные кусты и только теперь спохватился, что его всего забрызгает, когда он попадет в свеженамоченную листву. Он оглянулся было назад, но, дорожа временем, решил прыгать. Он все-таки наметил глазами более редкое место и спрыгнул прямо на черневший кусок земли. Тем не менее это его не спасло от брызг, так как надо было пробираться между сплошными кустами виноградника, и он вышел на дорожку совершенно мокрый. Эта холодная ванна мгновенно освежила его, и он почувствовал себя настолько бодрым и здоровым, что пустился рысью к беседке, взобрался проворно на горку, выдернул несколько самых длинных прутьев и большими шагами по откосу горы спустился вниз. С этого места он опять почувствовал слабость и уже шагом пробирался глухой заросшей дорожкой, стараясь не смотреть на серую кладбищенскую стену.

Он знал, что неправда то, что говорил Иоська, но все—таки было страшно.

Тёма шел, смотрел прямо перед собой, и чем больше он старался смотреть прямо, тем ему делалось страшнее.

Теперь он был уверен, что мертвецы сидят на стене и внимательно следят за ним. Тёма чувствовал, как мурашки пробегали у него по спине, как что—то страшное лезло на плечи, как чья—то холодная рука, точно играя, потихоньку подымала сзади волосы. Тёма не выдержал и, издавши какой—то вопль, принялся было бежать, но звук собственного голоса успокоил его.

Вид заброшенного, пустынно торчавшего старого колодца, среди глухой, поросшей только высокой травой местности, близость цели, Жучка — отвлекли его от мертвецов. Он снова оживился и, подбежав к отверстию колодца, вполголоса позвал:

— Жучка, Жучка!

Тёма замер в ожидании ответа.

Сперва он ничего, кроме биения своего сердца да ударов молотков в голове, не слышал. Но вот откуда—то издалека, снизу, донесся до него жалобный, протяжный стон. От этого стона сердце Тёмы мучительно сжалось, и у него каким—то воплем вырвался новый, громкий оклик.

— Жучка, Жучка!

На этот раз Жучка, узнав голос хозяина, радостно и жалобно завизжала.

Тёму до слез тронуло, что Жучка его узнала.

— Милая Жучка! Милая, милая, я сейчас тебя вытащу, — кричал он ей, точно она понимала его.

Жучка ответила новым радостным визгом, и Тёме казалось, что она просила его поторопиться исполнением обещания.

— Сейчас, Жучка, сейчас, — ответил ей Тёма и принялся, с сознанием всей ответственности принятого на себя обязательства перед Жучкой, выполнять свой сон.

Прежде всего он решил выяснить положение дела. Он почувствовал себя бодрым и напряженным, как всегда. Болезнь куда—то исчезла. Привязать фонарь, зажечь его и опустить в яму было делом одной минуты. Тёма, наклонившись, стал вглядываться. Фонарь тускло освещал потемневший сруб колодца, теряясь все глубже и глубже в охватившем его мраке, и наконец на трехсаженной глубине осветил дно.

Тонкой глубокой щелью какой—то далекой панорамы мягко сверкнула пред Тёмой в бесконечной глубине мрака неподвижная, прозрачная, точно зеркальная гладь вонючей поверхности, тесно обросшая со всех сторон слизистыми стенками полусгнившего сруба.

Каким—то ужасом смерти пахнула на него со дна этой далекой, нежно светившейся, страшной глади. Он точно почувствовал на себе ее прикосновение и содрогнулся за свою Жучку. С замиранием сердца заметил он в углу черную шевелившуюся точку и едва узнал, вернее угадал, в этой беспомощной фигурке свою некогда резвую, веселую Жучку, державшуюся теперь на выступе сруба. Терять времени было нельзя. От страха, хватит ли у Жучки силы дождаться, пока он все приготовит, у Тёмы удвоилась энергия. Он быстро вытащил назад фонарь, а чтобы Жучка не подумала, очутившись опять в темноте, что он ее бросил, Тёма во все время приготовления кричал:

— Жучка, Жучка, я здесь!

И радовался, что Жучка отвечает ему постоянно тем же радостным визгом. Наконец все было готово. При помощи вожжей фонарь и два шеста с перекладинкой внизу, на которой лежала петля, начали медленно спускаться в колодезь.

Но этот так обстоятельно обдуманный план потерпел неожиданное и непредвиденное фиаско благодаря стремительности Жучки, испортившей все.

Жучка, очевидно, поняла только одну сторону идеи, а именно, что спустившийся снаряд имел целью ее спасение, и поэтому, как только он достиг ее, она сделала попытку схватиться за него лапами. Этого прикосновения было достаточно, чтобы петля бесполезно соскочила, а Жучка, потеряв равновесие, свалилась в грязь.

Она стала барахтаться, отчаянно визжа и тщетно отыскивая оставленный ею выступ.

Мысль, что он ухудшил положение дела, что Жучку можно было еще спасти и теперь он сам виноват в том, что она погибнет, что он сам устроил гибель своей любимице, заставляет Тёму, не думая, благо план готов, решиться на выполнение второй части сна — самому спуститься в колодезь.

Он привязывает вожжу к одной из стоек, поддерживающей перекладину, и лезет в колодезь. Он сознает только одно, что времени терять нельзя ни секунды.

Его обдает вонью и смрадом. На мгновенье в душу закрадывается страх, как бы не задохнуться, но он вспоминает, что Жучка сидит там уже целые сутки; это успокаивает его, и он спускается дальше. Он осторожно щупает спускающейся ногой новую для себя опору и, найдя ее, сначала пробует, потом твердо упирается и спускает следующую ногу. Добравшись до того места, где застряли брошенные жердь и фонарь, он укрепляет покрепче фонарь, отвязывает конец вожжи и спускается дальше. Вонь все—таки дает себя чувствовать и снова беспокоит и пугает его. Тёма начинает дышать ртом. Результат получается блестящий: вони нет, страх окончательно улетучивается. Снизу тоже благополучные вести. Жучка, опять уже усевшаяся на прежнее место, успокоилась и веселым попискиванием выражает сочувствие безумному предприятию.

Это спокойствие и твердая уверенность Жучки передаются мальчику, и он благополучно достигает дна.

Между ним и Жучкой происходит трогательное свидание друзей, не чаявших уже больше свидеться в этом мире. Он наклоняется, гладит ее, она лижет его пальцы, и — так как опыт заставляет ее быть благоразумной — она не трогается с места, но зато так трогательно, так нежно визжит, что Тёма готов заплакать и уже, забывшись, судорожно начинает втягивать носом воздух, необходимый для первого непроизвольного всхлипывания, но зловоние отрезвляет и возвращает его к действительности.

Не теряя времени он, осторожно держась зубами за изгаженную вожжу, обвязывает свободным ее концом Жучку, затем поспешно карабкается наверх. Жучка, видя такую измену, подымает отчаянный визг, но этот визг только побуждает Тёму быстрее подниматься.

Но подниматься труднее, чем спускаться! Нужен воздух, нужны силы, а того и другого у Тёмы уже мало. Он судорожно ловит в себя всеми легкими воздух колодца, рвется вперед и, чем больше торопится, тем скорее оставляют его силы. Тёма поднимает голову, смотрит вверх, в далекое ясное небо, видит где-то высоко над собою маленькую веселую птичку, беззаботно скачущую по краю колодца, и сердце его сжимается тоской: он чувствует, что не долезет. Страх охватывает его. Он растерянно останавливается, не зная, что делать: кричать, плакать, звать маму? Чувство одиночества, бессилия, сознания гибели закрадываются в его душу. Он ясно видит, хотя инстинктивно не хочет смотреть, хочет забыть, что под его ногами. Его уже тянет туда, вниз, по этой гладкой скользящей стене, туда, где отчаянно визжит Жучка, где блестящее вонючее дно ждет равнодушно свою, едва обрисовывающуюся во мраке, обессилевшую жертву.

Ему уже хочется поддаться страшному, болезненному искушению — бросить вожжи, но сознание падения на мгновение отрезвляет его.

— Не надо бояться, не надо бояться! — говорит он дрожащим от ужаса голосом. — Стыдно бояться! Трусы только боятся! Кто делает дурное — боится, а я дурного не делаю, я Жучку вытаскиваю, меня и мама и папа за это похвалят. Папа на войне был, там страшно, а здесь разве страшно? Здесь ни капельки не страшно. Вот отдохну и полезу дальше, потом опять отдохну и опять полезу, так и вылезу, потом и Жучку вытащу. Жучка рада будет, все будут удивляться, как я ее вытащил.

Тёма говорит громко, у него голос крепнет, звучит энергичнее, тверже, и наконец, успокоенный, он продолжает взбираться дальше.

Когда он снова чувствует, что начинает уставать, он опять громко говорит себе:

— Теперь опять отдохну и потом опять полезу. А когда я вылезу и расскажу, как я смешно кричал сам на себя, все будут смеяться, и я тоже.

Тёма улыбается и снова спокойно ждет прилива сил.

Таким образом, незаметно его голова высовывается наконец над верхним срубом колодца. Он делает последнее усилие, вылезает сам и вытаскивает Жучку.

Теперь, когда дело сделано, силы быстро оставляют его. Почувствовав себя на твердой почве, Жучка энергично встряхивается, бешено бросается на грудь Тёмы и лижет его в самые губы. Но этого мало, слишком мало для того, чтобы выразить всю ее благодарность, — она кидается еще и еще. Она приходит в какое—то безумное неистовство!

Тёма бессильно, слабеющими руками отмахивается от нее, поворачивается к ней спиной, надеясь этим маневром спасти хоть лицо от липкой, вонючей грязи.

Занятый одной мыслью — не испачкать об Жучку лицо, — Тёма ничего не замечает, но вдруг его глаза случайно падают на кладбищенскую стену, и Тёма замирает на месте.

Он видит, как из—за стены медленно поднимается чья—то черная, страшная голова.

Напряженные нервы Тёмы не выдерживают, он испускает неистовый крик и без сознания валится на траву к великой радости Жучки, которая теперь уже свободно, без препятствий выражает ему свою горячую любовь и признательность за спасение.

Еремей (это был он), подымавшийся со свеженакошенной травой со старого кладбища, — ежедневная дань с покойников в пользу двух барских коров, — увидев Тёму, довольно быстро на этот раз сообразил, что надо спешить к нему на помощь.

Через час Тёма, лежа на своей кроватке, с ледяными компрессами на голове, пришел в себя.

Но уж связь событий потерялась в его воспаленном мозгу; предметы, мысли проходили перед ним вопросами: отчего все так встревоженно толпятся вокруг него? Вот мама...

— Мама!

Отчего мама плачет? Отчего ему тоже хочется плакать? Что говорит ему мама? Отчего так вдруг хорошо ему стало? Но зачем же уходит от него мама, зачем уходят все и оставляют его одного? Отчего так темно сделалось? Как страшно вдруг стало! Что это лезет из—под кровати?!

— Это папа... милый папа!!

"Ах нет, нет, — тоскливо мечется мальчик, — это не папа, это что—то страшное лезет".

— Иди, иди, иди себе! — с диким страхом кричит Тёма. — Иди! — и крик его переходит в какой—то низкий, полный ужаса и тоски рев.

— Иди! — несется по дому. И с напряженной болью прислушиваются все к этому тяжелому горячечному бреду.

Всем жаль маленького Тёму. Холодное дыхание смерти ярко колеблет вот—вот готовое навсегда погаснуть разгоревшееся пламя маленькой свечки. Быстро тает воск, быстро тает оболочка тела, и уже стоит перед всеми горячая, любящая душа Тёмы, стоит обнаженная и тянет к себе.

V

НАЕМНЫЙ ДВОР

Проходили дни, недели в томительной неизвестности. Наконец здоровый организм ребенка взял верх.

Когда в первый раз Тёма показался на террасе, похудевший, выросший, с коротко остриженными волосами, — на дворе уже стояла теплая осень.

Щурясь от яркого солнца, он весь отдался веселым, радостным ощущениям выздоравливающего. Все ласкало, все веселило, все тянуло к себе: и солнце, и небо, и видневшийся сквозь решетчатую ограду сад.

Ничего не переменилось со времени его болезни! Точно он только часа на два уезжал куда—нибудь в город.

Та же бочка стоит посреди двора, по—прежнему такая же серая, рассохшаяся, с еле державшимися широкими колесами, с теми же запыленными деревянными осями, мазанными, очевидно, еще до его болезни. Тот же Еремей тянет к ней ту же упирающуюся по—прежнему Буланку. Тот же петух озабоченно что—то толкует под бочкой своим курам и сердится по—прежнему, что они его не понимают.

Все то же, но все радует своим однообразием и будто говорит Тёме, что он опять здоров, что все точно только и ждали его выздоровления, чтобы снова, вступив в прежнюю связь с ним, зажить одною общею жизнью.

Ему даже казалось, что вся его болезнь была каким—то сном... Только лето прошло...

До его слуха долетели из отворенного окна кабинета голоса матери и отца и заставили его еще раз почувствовать прелесть выздоровления.

Речь между отцом и матерью шла о нем.

Разговора в подробностях он не понял, но суть его уловил. Она заключалась в том, что ему, Тёме, разрешат бегать и играть на наемном дворе.

Наемный двор — громадное пустопорожнее место, принадлежавшее отцу Тёмы, — примыкало к дому, где жила вся семья, отделяясь от него сплошной стеной. Место было грязное, покрытое навозом, сорными кучами, и только там и сям ютились отдельные землянки и низкие, крытые черепицей флигельки. Отец Тёмы, Николай Семенович Карташев, сдавал его в аренду еврею Лейбе. Лейба, в свою очередь, сдавал по частям: двор — под заезд, лавку — еврею Абрумке, в кабаке сидел сам, а квартиры в землянках и флигелях отдавал внаем всякой городской голытьбе. У этой голи было мало денег, но зато много детей. Дети — оборванные, грязные, но здоровые и веселые — целый день бегали по двору.

Мысль о наемном дворе давно уже приходила в голову матери Тёмы, Аглаиде Васильевне.

Нередко, сидя в беседке за книгой, она невольно обращала внимание на эту ватагу вечно возбужденных веселых ребятишек. Наблюдая в бинокль за их играми, за их неутомимой беготней, она часто думала о Тёме.

Нередко и Тёма, прильнув к щелке ворот, разделявших оба двора, с завистью следил из своей сравнительно золотой темницы за резвой толпой. Иногда он заикался о разрешении побегать на наемном дворе; мать слушала и нерешительно отклоняла его просьбу.

Но болезнь Тёмы, упрек мужа относительно того, что Тёма не воспитывается как мальчик, положили конец ее колебаниям.

Как натура непосредственная и впечатлительная, Аглаида Васильевна мыслила и решала вопросы так, как мыслят и решают только такие натуры. С виду ее решения часто бывали для окружающих чем—то неожиданным; в действительности же тот процесс мышления, результатом которого получалось такое с виду неожиданное решение, несомненно существовал, но происходил, так сказать, без сознательного участия с ее стороны. Факты накоплялись, и когда их собиралось достаточно для данного вывода, — довольно было ничтожного толчка, чтобы запутанное до того времени положение вещей освещалось сразу, с готовыми уже выводами.

Так было и теперь. Упрек мужа был этим толчком, и

Аглаида Васильевна пошла в кабинет к нему поговорить о пришедшей ей в голову идее. Результатом разговора было разрешение Тёме посещать наемный двор.

Через две недели Тёма уже носился с ребятишками наемного двора. Он весь отдался ощущениям совершенно иной жизни своих новых приятелей — жизни, ни в чем не схожей с его прежней, своим контрастом, неизгладимыми образами отпечатлевшейся в его памяти.

Наемный двор, как уже было сказано, представлял собой сплошной пустырь, заваленный всевозможными кучами.

Для всех эти кучи были грязным сором, выбрасываемым раз в неделю, по субботам, из всех этих нищенских лачуг, но для оборванных мальчишек они представляли собою неисчерпаемые источники богатств и наслаждений. Один вид их — серый, пыльный, блестящий от кусочков битого стекла, сиявших на солнце всеми переливами радуги, — уже радовал их сердца. В этих кучах были зарыты целые клады: костяшки для игры в пуговки, бабки, нитки. С каким наслаждением, бывало, в субботу, когда выбрасывался свежий сор, накидывалась на него ватага жадных ребятишек, и в числе их — Тёма с Иоськой.

Вот дрожащими от волнения руками тянется кусочек серой нитки и пробуется ее крепость. Она годится для пускания змея, — ничего, что коротка, она будет связана с другими такими же нитками; ничего, что в ней запутались какие—то волосы и что—то прилипло, что она вся сбита в один запутанный комок, — тем больше наслаждения будет, когда, собравши свою добычу, ватага перелезет через кладбищенскую стену и, усевшись где—нибудь на старом памятнике, станет приводить в порядок свое богатство.

Тёма сидит, весь поглощенный своей трудной работой. Глаза его машинально блуждают по старым покосившимся памятникам, и он думает: какой он глупый был, когда испугался головы Еремея.

Гераська, главный атаман ватаги, рассказывает о ночных похождениях тех, которых зарывают без отпевания.

— Прикинет тебе дорогу и ведет... ведет, ведет... Вот будто, вот сейчас домой... Так и дотянет до петухов... Как кочета закричат, ну и будет, — глядишь, а ты на том же месте стоишь. Верно! Накажи меня бог! — крестится в подтверждение своих слов Гераська.

— Что ж? Это ни капельки не страшно, — пренебрежительно замечает Тёма.

— Не страшно? — воспламеняется Гераська. — А попади-ка к ним под сочельник, они тебе покажут, как не страшно! Погляжу я на тебя, когда Пульчиха...

Пульчиха, старая, восьмидесятилетняя, высокая, толстая одинокая баба, занимала одну из лачуг наемного двора. Она всегда отличалась угрюмым, сосредоточенным, несообщительным нравом и всегда нагоняла на детей какой-то инстинктивный ужас своим низким, грубым голосом, когда гоняла, бывало, их подальше от своих дверей.

Однажды дверь обыкновенно аккуратной Пульчихи оказалась затворенной, несмотря на то, что все давно уже встали. Гераська сейчас же, заметив эту ненормальность, заглянул осторожно в окошечко лачуги и с ужасом отскочил назад: выпученные глаза Пульчихи страшно смотрели на него со своего вздутого, посинелого лица.

Преодолев ужас, Гераська опять заглянул и разглядел тонкую бечевку, тянувшуюся с потолка к ее шее. Пульчиха, казалось, стояла на коленях, но не касаясь пола, а как-то на воздухе. Подняли тревогу, выломали дверь, вытащили старуху из петли, но уж все было кончено — Пульчиха умерла. Ее отнесли к "висельникам", а лачуга так и оставалась пустой, не привлекая к себе новых квартирантов.

Эта неожиданная, страшная смерть Пульчихи произвела на ватагу сильное, потрясающее впечатление.

— Ты думаешь, — продолжал Гераська, воодушевляясь, и мурашки забегали по спинам ватаги, — ты думаешь, она подохла? держи карман! Вот пусть-ка снимет кто ее хату?! А-га! Вот тогда и узнает, где эта самая Пульчиха, как она, подлая, ночью притащится на четвереньках под окно и станет смотреть, что там делают. Рожа страшная, си-и-и-няя, вздутая, зубами ляскает, а глазищи так и ворочаются, так и ворочаются... Накажи меня бог! Она и сейчас каждую ночь шляется, сволочь, и пока ей в брюхо не забьют осиновый кол, она так и будет лазить. А забьют, ну и шабаш!

Рассказ производит потрясающее впечатление. Тёма давно сорван со своих скептических подмостов и с напряженным лицом следит за каждым движением Гераськи.

Напряженнее всех всегда слушает Колька, у которого даже жилы надуваются на лбу, а рот остается открытым и тогда, когда все остальные уже давно пришли в себя.

— У—у! — ткнет ему, бывало, Яшка пальцем в открытый рот.

Поднимется хохот. Колька вспыхнет и наметит обидчику прямо в ухо. Но Яшка увернется и со смехом отбежит в сторону. Колька пустится за ним, Яшка от него. Смех и общее веселье.

Солнце окончательно исчезает за деревьями; доносятся крикливые голоса матерей всех этих Герасек, Колек, Яшек; ватага шумно карабкается по стене, с размаху прыгает во двор и расходится. Тёма некоторое время наблюдает, как родители встречают запоздалых друзей шлепками, и нехотя возвращается со своим оруженосцем Иоськой домой. Все ему так нравится, все внутри так живет у него, что он жалеет в эту минуту только о том, что не может вечно оставаться на наемном дворе, вечно играть со своими новыми друзьями.

Вечером за чайным столом сидит вся семья, сидит Тёма, и образы двора толпятся перед ним. Он как—то смутно вслушивается в разговор и оживляется лишь тогда, когда до его слуха долетает жалоба пришедшего арендатора на то, что номер Пульчихи по—прежнему не занят.

— Он и не будет никогда занят, — авторитетно заявляет Тёма.

На вопрос "почему?" Тёма сообщает причину. Заметив, что рассказ производит впечатление, Тёма продолжает, стараясь подражать во всем Гераське:

— Как кто наймет, она, подлая, полезет к окну, морда си—иняя, зубами ляскает, сама вздутая, подлая...

Тёма все силы напрягает на последнем слове.

— Боже мой! что это?! — восклицает мать.

Тёма немного озадачен, но доканчивает:

— А вот если ей в брюхо кол осиновый загнать, она, сволочь, перестанет ходить.

На другой день Тёму на наемный двор не пускают, и весь день посвящается чистке от нравственного сора, накопившегося в душе Тёмы.

Тщательное следствие никакого, впрочем, особенного сора не обнаруживает, хотя одна не совсем красивая история как— то сама собой выплывает на свет божий.

В числе игр, развлекавших ребятишек, были и такие, в которых сорные кучи были ни при чем, а именно: "дзига" — вид волчка, свайка, мяч и орехи. Последняя игра требовала уже денег, так как орехов Абрумка даром не давал. Был, конечно, способ достать орехов в саду. Но орехи сада не годились: они были слишком крупны, шероховаты, а для игры требовались маленькие орехи, круглые и легкие. Ничего, что внутри их все давно сгнило, зато они хорошо катились в ямку. В случае крайности за три садовых ореха Тёме давали один Абрумкин. Эти садовые орехи тоже нелегко давались. Тёма должен был рвать их с риском попасться; иногда ломались ветви под его ногами, что тоже мог заметить зоркий глаз отца. Тёма придумал выход более простой. Он пришел раз к Абрумке и сказал:

— Абрумка, скоро будет мое рождение, и мне подарят двадцать копеек. Дай мне теперь орехов, а в рождение я тебе отдам деньги.

Абрумка дал. Таким образом, набралось на двадцать копеек. Тёма некоторое время не ходил к Абрумке, но нужда заставила, и, придя к нему, он сказал:

— Абрумка, дай мне еще орехов.

Но Абрумка напомнил Тёме, что в рождение ему подарят только двадцать копеек.

Тогда Тёма сказал Абрумке:

— Я забыл, Абрумка, мне Таня обещала еще десять копеек подарить.

Абрумка подозрительно покосился на Тёму. Тёма

50

покраснел и почувствовал к Абрумке что—то враждебное и злое. Он уже хотел убежать от гадкого Абрумки и отказаться от своего намерения взять у него еще орехов, но так как Абрумка пошел в лавку, то и Тёма передумал и направился за ним. Абрумка копался за темным, грязным прилавком, отыскивая между загаженными мухами полками грязную банку с гнилыми орехами, а Тёма ждал, пугливо косясь на соседнюю, тоже темную, комнату, где в полумраке на кровати обрисовывалась фигура больной жены Абрумки. Она уже давным—давно не вставала и лежала на своей кровати, казалось, засунутая в пуховую перину, — вечно больная, бледная, изможденная, с горевшими черными глазами, с всклокоченными волосами, — и изредка тихо, мучительно стонала.

Получив орехи, Тёма опрометью бросился из лавки, подальше от страшной жены Абрумки, у которой Гераська как—то умудрился заметить хвостик и сам своими глазами видел, как она однажды верхом на метле, ночью под шабаш, вылетела в трубу. Так как Гераська при этом снял шапку, перекрестился и сказал: "Накажи меня бог!" — то сомнения быть не могло в справедливости его слов.

Получив орехи и проиграв их, Тёма больше уже не решался идти к Абрумке. Он чувствовал, что надул его, и это его мучило. Ему казалось, что и Абрум это понял. Тёма чувствовал свою вину перед ним и без щемящего чувства не мог смотреть на угнетенную фигуру вечно торчавшего у своих дверей Абрумки.

Иногда вдруг, среди веселой игры, мелькнет перед Тёмой образ Абрумки, вспомнится близость дня рождения, безвыходность положения, и тоскливо замрет сердце. Только одно утешение и было, что день рождения еще не так близок. Но беда пришла раньше, чем ждал Тёма. Однажды Абрумка, никогда не отходивший ни на шаг от своей лавочки, вдруг, заметив Тёму во дворе, пошел к нему.

Тёма при его приближении вильнул было, как будто играя, в кирпичный сарай, но Абрумка вошел и в сарай и потребовал от Тёмы денег, мотивируя нужду в деньгах неожиданной смертью жены.

Тёма уже с утра слышал от своих товарищей, что жена Абрумки умерла; слышал даже подробный рассказ, как Абрумка сам задушил ее ночью, наложив ей на голову подушку, и, усевшись; сидел на этой подушке до тех пор, пока его жена не перестала хрипеть; затем он слез и лег спать, а утром пошел и сказал всем, что его жена умерла.

— Ты сам видел? — спросил с широко открывшимися глазами Тёма.

— Накажи меня бог, видел! — проговорил Гераська и в доказательство снял шапку и перекрестился.

Теперь этот Абрумка, как будто он никогда не душил своей жены, стоял перед Тёмой в темном сарае и требовал денег.

Тёме стало страшно: а вдруг и его злой Абрумка сейчас задушит и пойдет скажет всем, что Тёма взял и сам умер.

— У меня нет денег, — ответил Тёма коснеющим языком.

— Ну, так я лучше папеньке скажу, — просительно проговорил Абрумка, — очень нужно, нечем хоронить мою бедную Химку...

И Абрум вытер скатившуюся слезу.

— Нет, не говори, я сам скажу, — быстро проговорил Тёма, — я сейчас же принесу тебе.

У Тёмы пропал всякий страх к Абрумке. Искреннее, неподдельное горе, звучавшее в его словах, повернуло к нему сердце Тёмы. Он решил немедленно идти к матери и сознаться ей во всем.

Он застал мать за чтением.

Тёма горячо обнял мать.

— Мама, дай мне тридцать копеек.

— Зачем тебе?

Тёма замялся и сконфуженно проговорил:

— Мне жалко Абрумки, ему нечем похоронить Химку, я обещал ему.

— Это хорошо, что тебе жаль его, но все—таки обещать ему ты не имел никакого права. Разве у тебя есть свои деньги? Только своими деньгами можно располагать.

Тёма напряженно, сконфуженно слушал, и когда Аглаида Васильевна вынесла ему деньги, он обнял ее и горячо ответил ей, мучимый раскаянием за свою ложь:

— Милая моя мама, я никогда больше не буду.

— Ну, иди, иди, — ласково отвечала мать, целуя его.

Тёма бежал к Абрумке, и в воображении рисовалось его лицо, полное блаженства, когда он увидит принесенные ему Тёмой деньги.

Раскрасневшись, с блестящими глазами, он влетел в лавочку и, чувствуя себя хорошо и смело, как до того времени, когда он еще не сделался должником, проговорил восторженно:

— Вот, Абрумка!

Абрумка, рывшийся за прилавком, молча поднял голову и равнодушно—уныло взял протянутые ему деньги. Но, взглянув на разочарованного Тёму, Абрумка инстинктивно понял, что Тёме нет дела до его горя, что Тёма поглощен собой и требует награды за свой подвиг. Движимый добрым чувством, Абрумка вынул одну конфетку из банки, подал ее мальчику и, потрепав его по плечу, проговорил рассеянно:

— Хороший панич.

Тёме не по душе была фамильярность Абрумки, не по душе было равнодушие, с каким последний принял от него деньги, и восторженное чувство сменилось разочарованием. То, что—то близкое, что он за мгновение до этого чувствовал к обездоленному, тихому Абрумке, сменилось опять чем—то чужим, равнодушным, брезгливым. Тёма уже хотел оттолкнуть конфетку и убежать, хотел сказать Абрумке, что он не смеет трепать его по плечу, потому что он — Абрумка, а он Тёма — генеральский сын, но что—то удержало его. Он на мгновение почувствовал унизительное бессилие от своей неспособности обрезать так, как, наверно, обрезала бы Зина, и, скрывая брезгливость, разочарование, раздражение и сознание бессилия молча взял конфетку и, не глядя на Абрумку, уже собирался поскорее вильнуть из лавки, как вдруг дверь отворилась, и Тёма увидел, что происходило в другой комнате. Там толпа грязных евреек суетливо доканчивала печальный обряд. Тёма увидел что—то белое, спеленатое и догадался, что это что—то было тело жены Абрумки. В комнате, обыкновенно темной, было теперь светло от отворенных окон; кровать, на которой лежала больная, была пуста и прибрана. "И никогда уж больше не будет лежать на ней жена Абрумки", — подумал Тёма. Ее сейчас понесут на кладбище, зароют, и останется она там одна с червями, тогда как он, Тёма, сейчас выбежит из лавочки, и счастливый, полный радости жизни будет играть, смотреть на веселое солнце, дышать воздухом. А она не может дышать. Ах, как хорошо дышать! И Тёма вздохнул всей грудью. Как хорошо бегать, смеяться, жить!.. А она не может жить, она никогда не откроет глаз и никогда, никогда не ляжет больше на эту кровать. Как пусто, тяжело стало на душе Тёмы. Какой мрак и тоска охватили его от формулированного в первый раз понятия о смерти. Да, это все пройдет. Не будет ни Абрумки, ни всех, ни его, Тёмы, ни этой лавочки, — все, все когда—нибудь исчезнет. И все равно когда—нибудь смерть придет, и никуда нельзя от нее уйти, никуда... Вот жена Абрумки... А если б она спряталась под кровать?! Нет, нельзя, — смерть и там нашла бы ее. И его найдет... И от этой мысли у Тёмы захватило дыхание, и он стремительно выбежал из лавки на свежий воздух.

Скучно стало Тёме. Точно все — все умерли вдруг, и никого, кроме него, не осталось, и все так пусто, тоскливо кругом. Когда Тёма прибежал к игравшей в пуговки ватаге, озабоченно и взволнованно следившей за движениями Гераськи, в третий раз победоносно собиравшегося бить кон, Тёма облегченно вздохнул, но по—прежнему безучастный, присел на пыльную землю, прижавшись к стене избушки, возле которой происходила игра. Он рассеянно следил за тем, как мелькали по воздуху отскакивавшие от стены медные пуговки, как, сверкнув в лучах яркого солнца, они падали на пыльную, мягкую землю, мгновенно покрываясь серым слоем, следил за напряженными, возбужденными лицами, и невольная параллель контрастов — того, что было у Абрумки и что происходило здесь, — смутно давило его. Тут радуются, а там смерть, им нет дела до Абрумки, а Абрумке — до них, и нельзя так сделать, чтобы и Абрумка радовался. Если его позвать играть с ними? Он не пойдет. Это им, детям, весело, а большие не любят играть. Как скучно большим жить — ничего они не любят: ни бабок, ни пуговиц, ни мяча. И он будет большой, и он ничего этого не будет любить — скучно будет. Нет, он будет любить! Он условится вот с Яшкой, Гераськой, Колькой, чтобы всегда любить играть, и будет им всегда весело... Нет, не будет — он тоже разлюбит... Нет, не разлюбит, ни за что не разлюбит! И, вскочив, точно боясь, что может отвыкнуть, он энергично закричал:

— Мой кон!

И вдруг в тот момент когда Тёма так живо почувствовал желание играть, жить, — у него неприятно ёкнуло сердце при мысли, что он обманул мать.

"Ничего! Когда я просил у мамы прощения, я думал, что прошу за то, что обманул ее, я когда—нибудь расскажу ей все".

Успокоив себя, Тёма забыл и думать обо всем этом. И вдруг все открылось как—то так, что он и оглянуться не успел, как сам же спутал себя.

К удивлению Тёмы, Аглаида Васильевна отнеслась к этой истории очень мягко и только взяла с Тёмы слово, что на будущее время он будет говорить ей всегда правду, — иначе ворота наемного двора для него навсегда запрутся.

Прошел год. Тёма вырос, окреп и развернулся. В жизни ватаги произошла некоторая перемена. Приятно было бегать по двору, лазить на кладбище, но еще приятнее было убегать в ту сторону, где синело необъятное море. В таких прогулках было столько заманчивого!.. Тёма забывал, что он еще маленький мальчик. Он стоял на берегу моря; нежный, мягкий ветер гладил его лицо, играл волосами и вселял в него неопределенное желание чего—то, еще не изведанного. Он следил за исчезавшим на горизонте пароходом с каким—то особенно щемящим, замирающим чувством, полный зависти к счастливым людям, уносившимся в туманную даль. Рыбаки, пускавшиеся в море на своих утлых челноках, были в глазах Тёмы и всей ватаги какими—то полубогами. С каким уважением он и ватага смотрели на их загорелые лица; с каким благоговейным напряжением выбивались они из сил, помогая такому собиравшемуся в путь рыбаку стащить в море с гравелистого берега лодку!

— Дяденька, пояс! — кричал какой—нибудь счастливчик, заметив забытый рыбаком на берегу пояс.

Какой завистью горели глазенки остальных, какой удовлетворенной гордостью блистали глаза счастливца, на долю которого досталось оказать последнюю услугу отважному, неразговорчивому рыбаку! Напрасно глаза жадно ищут еще чего—нибудь, забытого на песке!

— Мальчик! Поднеси—ка корзинку! Вон, вон на песке, — кричит с выступающего камня другой рыболов, поймавший на удочку рыбу.

Новая работа: ребятишки вперегонку пускаются за корзинкой и какой—нибудь счастливец уже несется с ней.

— О—го! Здоровый! — разрешает он себе замечание, принимая в корзину пойманную рыбу.

Рыболов снова погружается в безмолвное созерцание неподвижного поплавка, корзинка относится на место, и мальчишки ищут новых занятий. Они собирают по берегу плоские камешки и с размаху пускают их по воде. "Раз, два, три, четыре" — скользя, полетел камень по гладкой поверхности.

— Чебурых! — презрительно говорит кто—нибудь, когда камень, пущенный неумелой рукой, с места зарезывается в воду, вместо того чтобы лететь касательно.

А то, засучив по колена штаны, ватага лезет в воду и ловит под камнями рачков, разных ракушек. Поймает, полюбуется и съест. Ест и Тёма и испытывает бесконечное наслаждение.

Однажды ватага забрела на бойню. Тёма, увлекшись, не заметил, как очутился в самом дворе, как раз в тот момент, когда рассвирепевший бык, оторвавшись от привязи, бросился на присутствовавших, а в том числе и на Тёму. Тёму едва спасли. Мясник, выручивший его, на прощанье надрал ему уши. Тёма был рад, что его спасли, но обиделся, что его выдрали за уши. Он стоял сконфуженный, избегая любопытных взглядов ватаги, и обдумывал план мести. Между тем мясники, кончив свою работу, нагрузили телеги и поехали в город. Тёма знал, что их путь лежит мимо дома его отца, и потому отправился за ними. Увидев у калитки дома Еремея, Тёма обогнал обоз и стал у калитки с камнем в руках. Когда выдравший его за ухо мясник поровнялся с ним, Тёма размахнулся и пустил в него камнем, который и попал мяснику в лицо.

— Держи, держи! — закричали мясники и бросились за маленьким разбойником.

Влететь в калитку, задвинуть засов — было делом одного мгновения. На улице раненый мясник благим матом вопил:

— Батюшки, убил! Убил, разбойник!

Мясники на все голоса кричали:

— Грабеж, караул! Караул, режут!

"Убил!" — пронеслось в голове Тёмы.

На крыльцо выскочили из дому испуганные сестры, бонна, а за ней и сама Аглаида Васильевна, бледная, перепуганная непонятной тревогой.

Физиономия Тёмы, его растерянный вид ясно говорили, что в нем кроется причина всего этого шума.

— Что? Что такое? Что ты сделал?

— Я... я убил мясника, — заревел благим матом Тёма, приседая от ужаса к земле.

Было не до расспросов. Аглаида Васильевна бросилась в кабинет мужа. Появление генерала дало делу более спокойный оборот. Все объяснилось, рана оказалась неопасной. Обиженный получил на водку, и через несколько минут мясники снова отправились в путь. У Тёмы отлегло от сердца.

— Негодный мальчик! — проговорила, входя с улицы, мать.

Тёма потупился и почувствовал себя действительно негодным мальчиком. Николай Семенович был не того мнения.

— За что ж ты ругаешь его? — возмущенно обратился он к жене. — Что ж, по—твоему, ему уши будут рвать, а он ручки за это должен целовать?

Аглаида Васильевна, в свою очередь, была озадачена.

— Ну, так и берите себе этого разбойника, а мне он больше не сын, — проговорила она и быстро ушла в комнаты.

Тёма не почувствовал никакой радости от поддержки отца и удовлетворенно вздохнул только тогда, когда последний ушел. На душе у него было неспокойно; лучше было бы, если бы отец его выругал, а мать похвалила.

Походив с час, Тёма отправился к матери и, как полагалось, когда мать на него сердилась, проговорил:

— Мама, я больше не буду.

— Скверный мальчик! Что ты больше не будешь? Ты понимаешь, в чем ты виноват?

— В том, что дрался.

— В том, что ты такой же грубый, как и тот мясник, в которого ты швырнул камнем. Ты знаешь, что, если бы не он, бык разорвал бы тебя?

— Знаю.

— Если бы ты тонул и тебя за волосы вытащили бы из воды, ты тоже бросил бы камнем в того, кто тебя вытащил?

— Ну да... А зачем он меня за руку не взял?

— А зачем ты без позволения к нему во двор пошел? Зачем ставишь себя в такое положение, что тебя могут взять за ухо? Зачем ты без позволения на бойне был? Зачем ты злой? Зачем ты волю рукам даешь, негодный ты мальчик? Мясник грубый, но добрый человек, а ты грубый и злой... Иди, я не хочу такого сына!..

Тёма приходил и снова уходил, пока наконец само собой как—то не осветилось ему все: и его роль в этом деле, и его вина, и несознаваемая грубость мясника, и ответственность Тёмы за созданное положение дела.

— Ты, всегда ты будешь виноват, потому что им ничего не дано, а тебе дано; с тебя и спросится.

Закончилось все уже вечером притчей о талантах и рассуждением на тему: кому много дано, с того много и спросится.

Тёма внимательно и с интересом слушал, задавал вопросы, в которых чувствовалось, что он сознательно переживает смысл сказанного.

Горячая Аглаида Васильевна не могла удержаться, чтобы в такой удобный момент не подбросить несколько лишних полен...

— Ты большой уже мальчик, тебе десятый год. Один мальчик в твои годы уже царем был.

Глаза Тёмы широко раскрылись.

— А я когда буду царем? — спросил он, уносясь мыслью в сказочную обстановку Ивана—царевича.

— Ты царем не будешь, но ты, если захочешь, ты можешь помогать царю. Вот такой же мальчик, как ты...

И Тёма узнал о Петре Великом, Ломоносове, Пушкине. Он услышал коротенькие стихи, которые мать так звучно и красиво прочла ему:

Сети рыбак расстилал по берегу студеного моря;
Мальчик ему помогал. Мальчик, оставь рыбака!
Сети иные тебя ожидают,
Будешь умы уловлять, будешь помощник царям.

Тёме рисовалась знакомая картина: морской берег, загорелые рыбаки, он, нередко помогавший им расстилать на берегу для просушки мокрые сети, и, вздохнув от избытка чувств, он проговорил удовлетворенно:

— Мама, я тоже помогал расстилать сети рыбакам.

Засыпая в этот вечер, Тёма чувствовал себя как—то особенно возвышенно настроенным. В сладких, неясных образах носились перед ним и рыбаки, и сети, и неведомый мальчик, отмеченный какой—то особой печатью, и десятилетний грозный царь, и все это, согреваемое сознанием чего—то близкого, соприкосновенного, ярко переливало в сонном мозгу Тёмы.

"А все—таки я хорошо сделал, что хватил мясника: теперь уж никто не захочет взять меня за ухо!" — пронеслось вдруг последней сознательной мыслью, и Тёма безмятежно заснул.

VI

ПОСТУПЛЕНИЕ В ГИМНАЗИЮ

Еще год прошел. Подоспела гимназия. Тёма держал в первый класс и выдержал. Накануне начала уроков Тёма в первый раз надел форму.

Это был счастливый день!

Все смотрели и говорили, что форма ему очень идет. Тёма отпросился на наемный двор. Он шел сияющий и счастливый.

Было августовское воскресенье; яркие лучи заливали сверху, глаза тонули в мягкой синеве чистого неба. Акации, окаймлявшие кладбищенскую стену, точно спали в сиянии веселого, ласкового дня.

Семья Кейзера, вся налицо, сидит за обедом перед дверями своей квартиры. Благообразный старик, точильщик Кейзера, чопорно и сухо меряет Тёму глазами. С тою же неприветливостью смотрит и похожий на отца старший сын. Зато "Кейзеровна" вся исчезла в доброй, ласковой улыбке, и ее белый высокий чепчик усердно кивает Тёме. Маленький Кейзер — младшая ветвь, весь в мать — тоже растаял и переводит свои блаженные глаза с чепчика матери на Тёмин мундир.

— Здравствуйте, здравствуйте, Тёмочка! — говорит Кейзеровна. — Ну вот вы, слава богу, и гимназист... совсем как генерал...

Тёма сомневается, чтобы он был похож на генерала.

— Папеньке и маменьке радость, — продолжает Кейзеровна. — Папенька здоров?

— Здоров, — отвечает Тёма, смотря в пространство и роя сапогом землю.

— И маменька здорова? и братик? и сестрички? Ну, слава богу, что все здоровы.

Тёма чувствует, что можно идти дальше, и тихо, чинно двигается вперед.

60

У дверей своей лачуги сидит громадный Яков и наслаждается. Его красное лицо блестит, маленькие черные глаза блестят, разутые большие ноги греются, вытянутые на солнце. Он уже пропустил перед обедом...

В отворенное окно несется писк и шипение сковороды, на которой жарится одна из пойманных сегодня камбал. Яков каждое воскресенье ходит удить рыбу. Шесть дней он переносит пятипудовые мешки на своих плечах с телег на суда, а в седьмой — до обеда удит, а с обеда до вечера кейфует и наслаждается отдыхом. С ним живет старуха мать, и больше никого. Была когда—то жена, но давно сбежала, и давно уже ничего о ней не знает Яков.

— Яков, я уже поступил в гимназию, — говорит Тёма, останавливаясь перед ним.

— В гимназию, — добродушно тянет Яков и улыбается.

— Это мой мундир.

— Мундир? — повторяет Яков и опять улыбается.

Наступает молчание. Яков смотрит на большой палец ноги, как—то особенно загнувшийся к соседу, и протягивает к нему руку.

— Много наловил? — спрашивает Тёма.

— Наловил, — отвечает Яков, отставив рукой большой палец ноги, который, как только его выпустил Яков, еще плотнее насел на соседний.

— А мне уж нельзя больше с тобой ходить, — говорит Тёма, вздыхая, — я теперь гимназист.

— Гимназист, — повторяет Яков и опять улыбается.

Тёма идет дальше, и везде, где только сидят, он останавливается, чтоб показать себя. Только заметив Ивана Ивановича, он спешит пройти мимо. Тёма не любит разговаривать с Иваном Ивановичем, когда он пьян. А Иван Иванович, отставной унтер—офицер, сослуживец отца, несомненно пьян. Он сидит на завалинке, качается и поводит кругом мутными глазами.

— Стой! — кричит он, увидав Тёму, — на караул!

— Дурак, — отвечает, не останавливаясь, Тёма.

— Стой!! Едят тя мухи с комарами!

61

— И Иван Иванович делает вид, что бросается за Тёмой.

Тёма пускается в рысь, а Иван Иванович весело визжит:

— Держи, держи!

Тёма скандализован; он заворачивает за угол, оправляется и опять чинно идет дальше.

Появление Тёмы перед ватагой произвело надлежащий эффект. Тёма наслаждается впечатлением и рассказывает, с чужих слов, какие в гимназии порядки.

— Если кто шалит, а придет учитель и спросит, кто шалил, а другой скажет, — тот ябеда. Как только учитель уйдет, его сейчас поведут в переднюю, накроют шинелями и бьют.

Ватага, поджав свои босые грязные ноги, сидела под забором и с разинутыми ртами слушала Тёму. Когда небольшой запас сведений Тёмы о гимназии был исчерпан, кто—то предложил идти купаться. Поднялся вопрос, можно ли теперь идти и Тёме. Тёма решил, что если принять некоторые меры предосторожности, то можно. Он приказал ватаге идти поодаль, потому что теперь уже неловко ему — гимназисту — идти рядом с ними. Тёма шел впереди, а вся, ватага, сбившись в тесную кучу, робко шла сзади, не сводя глаз со своего преобразившегося сочлена. Тёма выбирал самые людные улицы, шел и беспрестанно оглядывался назад. Иногда он забывал и по старой памяти ровнялся с ватагой, но, вспомнив, опять уходил вперед. Так они все дошли до берега моря.

Ах, какое чудное было море! Все оно точно золотыми кружками отливало и сверкало на солнце и тихо, едва слышно билось о мягкий песчаный берег. А там, на горизонте, оно, уже совсем спокойное и синее—синее, уходило в бесконечную даль. Там, казалось, было еще прохладнее.

Но и тут хорошо, когда скинешь горячий мундир и останешься в одной рубахе. Тёма оглянулся, где бы уложить новенький мундир?

— А вот дайте, я подержу, — проговорил вдруг высокий, худой старик.

Тёма с удовольствием принял предложение.

— Да вы бы, сударь, немного подальше от этих... неловко

вам, — шепнул Тёме на ухо старик, когда Тёма собрался было раздеваться.

"Это верно!" — подумал Тёма и, обратившись к ватаге, сказал:

— Нам в гимназии нельзя... нам запрещено вместе... Вы здесь купайтесь, а я пойду подальше...

Ватага переглянулась, а Тёма со стариком ушли.

— Ну, вот здесь уж можно, — проговорил старик, когда ватага скрылась из глаз благодаря выступающему камню. Тёма разделся и полез в воду. Пока он купался, старик сидел на берегу и не мог надивиться искусству Тёмы. А Тёма старался.

— Я могу вон до тех пор доплыть под водой, — кричал он и с размаху бросался в воду. — Я и на спине могу, — кричал опять Тёма. — Я могу и смотреть в воде!

И Тёма опускался в воду, открывал глаза и видел желтые круги.

— А я могу... — начал снова Тёма, да так и замер: ни старика, ни платья не было больше на берегу. В первую минуту Тёма и не догадался о печальной истине: ему просто стало жутко от одиночества и пустоты, которые вдруг охватили его с исчезновением старика, и он бросился к берегу. Он думал, что старик просто перешел на другое место. Но старика нигде не было. Тогда он понял, что старик обокрал его. Растерянный, он пришел к ватаге, уже выкупавшейся и одетой, и сообщил ей свое горе. Розыски были бесполезны. Все пространство, какое охватывал глаз, было безлюдно. Старик точно провалился сквозь землю.

— Может, это нечистый был, — сделал кто—то предположение, и у всех пробежали мурашки по телу.

— Пойдем, — предложил Яшка, не отличавшийся храбростью, и, быстро вскочив, напялил шапку на мокрые волосы.

— А я как же? — жалобно проговорил Тёма.

Была одна комбинация: остаться Тёме на берегу и ждать, пока дадут знать домой. Но одному было страшно, а из ватаги никто не хотел оставаться с ним. Всех напугал нечистый, всем было страшно, все спешили уйти, и Тёма волей—неволей потянулся за всеми.

— У—ла—ла—а! Голый мальчик!

— Голый мальчик! Голый мальчик! — И толпа городских ребятишек, припрыгивая и улюлюкая, бежала за Тёмой.

Голый мальчик не каждый день ходит по улицам, и все спешили посмотреть на голого мальчика. Тёма шел и горько плакал. Почти каждый прохожий желал знать, в чем дело. Но Тёма так плакал, что говорить сам не мог; за него говорили его друзья. Это было очень трогательно. Все останавливались и слушали, слушал и Тёма. Когда рассказ доходил до мундира, Тёма не выдерживал и начинал снова рыдать.

— Но почему же вы не возьмете извозчика? — спросил Тёму господин в золотых очках.

"Извозчика?!" — думал Тёма. Разве мало убытков папе и маме от пропавшего платья! Нет, он не возьмет извозчика.

Два господина остановили процессию и тоже пожелали узнать, в чем дело. Выслушав, один из них спросил Тёму:

— Как ваша фамилия?

— Ка—ка—рташев, — ответил, захлебываясь, Тёма.

— Генерала Карташева? — переспросил удивленно господин и, посмотрев насмешливо на своего спутника, проговорил пренебрежительно: — Венгерский герой!

— А—га! — протянул небрежно его спутник. И оба прошли, чему—то улыбаясь.

Сердце Тёмы болезненно сжалось от этих туманных, насмешливых намеков. Ему ясно было одно: над его отцом смеются! И ему стало так больно, что он забыл, что он голый, и весь потонул в мучительной мысли. Теперь, когда спрашивали его, как фамилия, Тёма отвечал уже нерешительно и робко. Съежившись, он снова ждал какого—нибудь обидного намека и пытливо смотрел в глаза спрашивавших.

— Вы сын генерала?

— Да, — отвечал почти шепотом Тёма.

— Бедный мальчик! Возьмите извозчика.

Слава богу, этот ничего не сказал.

— Генерала Карташева?! Николая Семеныча?!

64

Тёма стоял ни жив ни мертв. Это было на базарной площади, и говорил высокий, здоровый, немного пьяный старик.

"А вдруг он меня сейчас ударит?!" — подумал Тёма.

— Батюшки мои! Да ведь это мой генерал! Я ведь с ним, когда он эскадронным еще... Я и жив через него остался! *Лизка! Лизка—а!*

Подошла толстая краснощекая торговка.

— Воз давай! — орал старик.

— Какой еще воз?

— Давай воз! Генеральский сын! Того генерала, что жизнь мою... Помнишь, дура, говорил тебе сколько раз... Офицер на войне... Ну, вот из—под лошади... Э, дура!

"Дура" вспомнила и с любопытством осматривала Тёму.

— Ну, так вот сын его... Ну, давай, что ли, воз! Сам повезу... С рук на руки сдам. Вот что!

— А кавуны? С десяток еще осталось.

— Ну их! Какие тут кавуны! Давай воз! Ах ты, грех какой! Ну, беда! Ах он, окаянный!

Так причитая, размахивая руками, то наклоняясь к Тёме, то опять выпрямляясь, ораторствовал старик, пока дочь его, сидя на краю телеги, поворачивала лошадь в толпе.

— Вот какое дело вышло! — продолжал кричать старик, обращаясь к окружающим, — первый генерал, можно сказать, и на вот!.. То ись, значит... одно слово! Прямо отец!.. Строг!.. А чтоб обидеть — ни—ни! Тут вот сейчас смерть твоя, а тут отошел, отошел... и нет его: голыми руками бери! И любили ж! Ну, прямо вот скажи: ложись и помирай! Сейчас! Ей—богу!

— Конечно, ежели, к примеру, хороший господин... — поддержал старика мастеровой.

— То ись, вот какой господин — что тебе, солдату, полагается, значит, бери, а водку особо. Вот какой господин!

Этот довод окончательно убедил толпу.

— Такому господину и послужить можно!

— Известно, можно!

— То вже не то що як, а то господын...

А старик уже сидел на возу и только молча одобрительно

65

кивал головой на сочувственные отзывы толпы. Сидел и Тёма, укутанный в свиту, с наслаждением прислушиваясь к словам старика.

— Ты хорошо знаешь моего отца? — спрашивал Тёма.

— Ах ты, мой милый, милый! — говорил старик, — отца твоего я во как знаю. Я двадцать лет его изо дня в день видал. Этакого человека нет и не будет! Он за тебя и душу свою, и себя самого, и рубаху последнюю снимет! Вот он какой!

Тёма уж так расстроился, что не мог удержаться от слёз; слёзы радости, слёзы счастья за отца текли по его щекам. Ватага не отставала от Тёмы и вся шла тут же возле телеги.

— Вы тут что? — накинулся было на них старик.

— Это мои мальчики, они со мной, — вступился Тёма. — Они у нас живут в доме.

— Вот как! Дружки, значит? Так что ж... айда в телегу и вы!

Ватага не заставила себя упрашивать и, живо вскарабкавшись, разместились, кто как мог. Через несколько минут ребятишки веселым шепотом еще раз передавали случившееся, на этот раз передавая все с комическим оттенком. Как ни был опечален Тёма, но и он не мог удержаться и фыркнул, когда Яшка передавал, как они утекали от нечистого. Нередко на чью—нибудь меткую остроту раздавался дружный, сдержанный смех остальной компании.

— Прысь, прысь! — говорил старик, за спиной которого шушукались дети, как котята в мешке.

И, откинувшись к ним, старик долго любовался своим грузом:

— Вишь, как они!.. Как мухи к меду... Не брезгуешь...

И, повернувшись назад, старик убежденно докончил:

— И господь не побрезгует тобой.

Только через неделю была готова новая форма.

Когда Тёма появился в первый раз в классе, занятия были уже в полном разгаре.

Тёму проводили из дому с большим почетом. Приехавший батюшка отслужил молебен. Мать торжественно перекрестила его с надлежащими наставлениями новеньким образком, который и повесили ему на шею. Он перецеловался со всеми,

66

как будто уезжал на несколько лет. Сережику он обещал принести из гимназии лошадку. Мать, стоя на крыльце, в последний раз перекрестила отъезжавших отца и сына. Отец сам вез Тёму, чтобы сдать его с рук в руки гимназическому начальству. На козлах сидел Еремей, больше чем когда—либо торжественный. Сам Гнедко вез Тёму. В воротах стоял Иоська и сиротливо улыбался своему товарищу. Из наемного двора высыпала вся ватага ребятишек, с разинутыми ртами провожавшая глазами своего члена. Тут были все налицо: Гераська, Яшка, Колька, Тимошка, Петька, Васька... В открытые ворота мелькнул наемный двор, всевозможные кучи, вросшие в землю избушки, чуть блеснула стена старого кладбища. Вспомнилось прошлое, мелькнуло сознание, что все уж это назади, как ножом отрезано... Что—то сжало горло Тёмы, но он покосился на отца и удержался. Дорогой отец говорил Тёме о том, что его ждет в гимназии, о товариществе, как в его время преследовали ябед — накрывали шинелями и били.

Тёма слушал знакомые рассказы и чувствовал, что он будет надежным хранителем товарищеской чести. В его голове рисовались целые картины геройских подвигов.

У дверей класса Тёма поцеловался в последний раз с отцом и остался один.

Сердце его немного дрогнуло при виде большого класса, набитого массой детских фигур. Одни на него смотрели с любопытством, другие насмешливо, но все равнодушно и безучастно; их было слишком много, чтобы интересоваться Тёмой.

Вошел Иван Иванович, высокий черный надзиратель, совсем молодой еще, конфузливый, добрый, и крикнул:

— Господа, есть еще место?

На каждой скамейке сидело по четыре человека. Свободное место оказалось на последней скамейке.

— Ну, вот и садись, — проговорил Иван Иванович и, постояв еще мгновение, вышел из класса.

Тёма пошел скрепя сердце на последнюю скамейку. Из рассказов отца он знал, что там сидят самые лентяи, но делать было нечего.

— Сюда! — строго скомандовал высокий, плотный, краснощекий мальчик лет четырнадцати.

Тёму поразил этот верзила, составлявший резкий контраст со всеми остальными ребятишками.

— Полезай! — скомандовал Вахнов и довольно бесцеремонно толкнул Тёму между собой и маленьким черным гимназистом, точно шапкой покрытым мохнатыми, нечесаными волосами.

Из—под этих волос на Тёму сверкнула пара косых черных глаз и снова куда—то скрылась.

Несколько человек бесцеремонно подошли к соседним скамьям и смотрели на конфузившегося, не знавшего куда девать свои руки и ноги Тёму. Из чих особенно впился в Тёму белобрысый некрасивый гимназист Корнев, с заплывшими небольшими глазами, как—то в упор, пренебрежительно и недружелюбно осматривая его. Вахнов, облокотившись локтем о скамейку, подперев щеку рукой, тоже осматривал Тёму сбоку с каким—то бессмысленным любопытством.

— Как твоя фамилия? — спросил он наконец у Тёмы.

— Карташев.

— Как? Рубль нашел? — переспросил Вахнов.

— Очень остроумно! — едко проговорил белобрысый гимназист и, пренебрежительно отвернувшись, пошел на свое место.

— Это — сволочь! — шепнул Вахнов на ухо Тёме.

— Ябеда? — спросил тоже на ухо Тёма.

Вахнов кивнул головой.

— Его били под шинелями? — спросил опять Тёма.

— Нет еще, тебя дожидались, — как—то загадочно проговорил Вахнов.

Тёма посмотрел на Вахнова.

Вахнов молча, сосредоточенно поднял вверх палец.

Вошел учитель географии, желтый, расстроенный. Он как—то устало, небрежно сел и раздраженно начал перекличку. Он то и дело харкал и плевался во все стороны. Когда дошло до фамилии Карташева, Тёма, по примеру других, сказал:

— Есть.

Учитель остановился, подумал и спросил:

— Где?

— Встань! — толкнул его Вахнов. Тёма встал.

— Где вы там? — перегнулся учитель и чуть не крикнул: — Да подите сюда! Прячется где—то... ищи его.

Тёма выбрался, получив от Вахнова пинка, и стал перед учителем.

Учитель смерил глазами Тёму и сказал:

— Вы что ж? Ничего не знаете из пройденного?

— Я был болен, — ответил Тёма.

— Что ж мне—то прикажете делать? С вами отдельно начинать с начала, а остальные пусть ждут?

Тёма ничего не ответил. Учитель раздраженно проговорил:

— Ну, так вот что, как вам угодно: если чрез неделю вы не будете знать всего пройденного, я вам начну ставить единицы до тех пор, пока вы не нагоните. Понятно?

— Понятно, — ответил Тёма.

— Ну, и ступайте.

— Ничего, — прошептал успокоительно Вахнов. — Уж без того не обойдется, все равно, чтобы не застрять на второй год. Ты знаешь, сколько я лет уж высидел?

— Нет.

— Угадай!

— Больше двух лет, кажется, нельзя.

— Три. Это только для меня, потому что я сын севастопольского героя.

Следующий урок был рисование. Тёме дали карандаш и бумагу.

Тёма начал выводить с модели какой—то нос, но у него не было никаких способностей к рисованию. Выходило что—то совсем несообразное.

— Ты совсем не умеешь рисовать? — спросил Вахнов.

— Не умею, — ответил Тёма.

— Сотри! Я тебе нарисую.

Тёма стер. Вахнов в несколько штрихов красиво нарисовал ему большой, выпуклый, с шишкой нос.

— Разве он похож на этот нос? — спросил огорченно Тёма, сравнивая его с моделью римского носа.

— Ну, вот глупости, ты можешь рисовать всякий, какой захочешь... Лишь бы был нос. Ну, скажешь, что у дяди твоего такой нос... вот и все. Это все глупости, а вот хочешь, я покажу тебе фокус, только крепко держи.

Вахнов сунул в руку Тёмы какой—то продолговатый предмет.

— Крепко держи!

— Ты что—нибудь сделаешь?

— Ну вот... только держи... крепче! — И Вахнов с силой дернул шнурок.

В то же мгновение Тёма с пронзительным криком, уколотый двумя высунувшимися иголками, хватил со всего размаха Вахнова по лицу.

Учитель встал со своего места и пошел к Тёме.

— Только выдай, сегодня же отделаем под шинелями, — прошептал Вахнов.

Учитель, с каким—то болезненным, прозрачным лицом, с длинными бакенбардами, с стеклянными глазами, подошел и уставился на Тёму.

— Как фамилия?

— Карташев.

— Встаньте!

Тёма встал.

— Вы что ж, в кабак сюда пришли?

Тёма молчал.

— Ваше рисование?

Тёма протянул свой нос.

— Это что ж такое?

— Это моего дяди нос, — отвечал Тёма.

— Вашего дяди? — загадочно переспросил учитель. — Хорошо—с, ступайте из класса!

— Я больше не буду, — прошептал Тёма.

— Хорошо—с, ступайте из класса. — И учитель ушел на свое место.

— Иди, это ничего, — прошептал Вахнов. — Постоишь до

конца урока и придешь назад. Молодец! Первым товарищем будешь!

Тёма вышел из класса и стал в темном коридоре у самых дверей. Немного погодя в конце коридора показалась фигура в форменном фраке. Фигура быстро подвигалась к Тёме.

— Вы зачем здесь? — наклонясь к Тёме, спросил как—то неопределенно мягко господин.

Тёма увидел перед собой черное, с козлиной бородой лицо, большие черные глаза с массой тонких синих жилок вокруг них.

— Я... Учитель сказал мне постоять здесь.

— Вы шалили?

— Н... нет.

— Ваша фамилия?

— Карташев.

— Вы маленький негодяй, однако! — проговорил господин, совсем близко приближая свое лицо, таким голосом, что Тёме показалось, будто господин этот оскалил зубы. Тёма задрожал от страха. Его охватило такое же чувство ужаса, как в сарае, когда он остался с глазу на глаз с Абрумкой.

— За что Карташев выслан из класса? — спросил он, распахнув дверь.

При появлении господина весь класс шумно встал и вытянулся в струнку.

— Дерется, — проговорил учитель. — Я дал ему модель носа, а он вот что нарисовал и говорит, что это нос его дяди.

Светлый класс, масса народа успокоили Тёму. Он понял, что сделался жертвой Вахнова, понял, что необходимо объясниться, но, на свое несчастье, он вспомнил и наставление отца о товариществе. Ему показалось особенно удобным именно теперь, пред всем классом, заявить, так сказать, себя сразу, и он заговорил взволнованным, но уверенным и убежденным голосом:

— Я, конечно, никогда не выдам товарищей, но я все—таки могу сказать, что я ни в чем не виноват, потому что меня очень нехорошо обманули и ска...

— Молчать!! — заревел благим матом господин в форменном фраке. — Негодный мальчишка!

Тёме, не привыкшему к гимназической дисциплине, пришла другая несчастная мысль в голову.

— Позвольте... — заговорил он дрожащим, растерянным голосом, — вы разве смеете на меня так кричать и ругать меня?

— Вон!! — заревел господин во фраке и, схватив за руку Тёму, потащил за собой по коридору.

— Постойте... — упирался сбившийся окончательно с толку Тёма. — Я не хочу с вами идти... Постойте...

Но господин продолжал волочить Тёму. Дотащив его до дежурной, господин обратился к выскочившему надзирателю и проговорил, задыхаясь от бешенства:

— Везите этого дерзкого сорванца домой и скажите, что он исключён из гимназии.

Отец, успевший только что возвратиться из города, передавал жене гимназические впечатления.

Мать сидела в столовой и занималась с Зиной и Наташей. Из отворенных дверей детской доносилась возня Сережика с Аней.

— Так все—таки испугался?

— Струсил, — усмехнулся отец. — Глазёнки забегали. Привыкнет.

— Бедный мальчик, — трудно ему будет! — вздохнула мать и, посмотрев на часы, проговорила: — Второй урок кончается. Сегодня надо будет ему торжественную встречу сделать. Надо заказать к обеду все любимые его блюда.

— Мама, — вмешалась Зина, — он любит больше всего компот.

— Я подарю ему свою записную книжечку.

— Какую, мама, — из слоновой кости? — спросила Зина.

— Да.

— Мама, а я подарю ему свою коробочку. Знаешь? Голубенькую.

— А я, мама, что подарю? — спросила Наташа. — Он шоколад любит... я подарю ему шоколаду.

— Хорошо, милая девочка. Всё положим на серебряный

поднос и, когда он войдет в гостиную, торжественно поднесем ему.

— Ну, и я ему тоже подарю: кинжал в бархатной оправе, — проговорил отец.

— Ну, уж это будет полный праздник ему...

Звонок прервал дальнейшие разговоры.

— Кто б это мог быть? — спросила мать и, войдя в спальню, заглянула на улицу.

У калитки стоял Тёма с каким—то незнакомым господином в помятой шляпе. Сердце матери тоскливо ёкнуло.

— Что с тобой?! — окликнула она Тёму, входившего с каким—то взбудораженным, перевернутым лицом.

На этом лице было в это мгновение всё: стыд, растерянность, какая—то тупая напряженность, раздражение, оскорбленное чувство, — одним словом, такого лица мать не только никогда не видела у своего сына, но даже и представить себе не могла, чтобы оно могло быть таким. Своим материнским сердцем она сейчас же поняла, что с Тёмой случилось какое—то большое горе.

— Что с тобой, мой мальчик?

Этот мягкий, нежный вопрос, обдав Тёму привычным теплом и лаской семьи, после всех этих холодных, безучастных лиц гимназии потряс его до самых тончайших фибр его существования.

— Мама! — мог только закричать он и бросился, судорожно, безумно рыдая, к матери...

После обеда Карташевы, муж и жена, поехали объясняться к директору.

Господин во фраке, оказавшийся самим директором, принял их в своей гостиной сухо и сдержанно, но вежливо, с порядочностью воспитанного человека.

Горячий пыл матери разбился о нервный, но сдержанный и сухой тон директора. Он деликатно, терпеливо слушал ее взгляды на воспитание, какие именно цели она преследовала, слушал, скрывая ощущение какого—то невольного пренебрежения к словам матери, и, когда она кончила, как—то нехотя начал:

— В моем распоряжении с лишком четыреста детей. Каждая мать, конечно, воспитывает своих детей, как ей кажется лучше, считает, конечно, свою систему идеальной и решительно забывает только об одном: о дальнейшем, общественном уже воспитании своего ребенка, совершенно забывает о том руководителе, на обязанности которого лежит сплотить всю эту разрозненную массу в нечто такое, с чем, говоря о практической стороне дела, можно было бы совладать. Если каждый ребенок начнет рассуждать с своей точки зрения о правах своего начальника, забьет себе в свою легкомысленную, взбалмошную голову правила какого—то товарищества, цель которого прежде всего скрывать шалости, — следовательно, в основе его — уже стремление высвободиться от влияния руководителя, — зачем же тогда эти руководители? Будем последовательны — зачем же вы тогда? Мне кажется: раз вы почему—либо признаете необходимостью для вашего сына общественное воспитание, раз вы почему—либо отказываетесь от его дальнейшего обучения и передаете его нам, вы тем самым обязаны беспрекословно признать все наши правила, созданные не для одного, а для всех. К этому обязывает вас и справедливость; мы не мешались в воспитание вашего сына до поступления его в гимназию...

— Но ведь он остается же моим сыном?

— Во всем остальном, кроме гимназии. С момента его поступления ребенок должен понимать и знать, что вся власть над ним в сфере его занятий переходит к его новым руководителям. Если это сознание будет глубоко сидеть в нем — это даст ему возможность благополучно сделать свою карьеру; в противном случае рано или поздно явится необходимость пожертвовать им для поддержания порядка существующего гимназического строя. Это я прошу вас принять, как мой окончательный ультиматум как директора гимназии, а как частный человек — могу только прибавить, что если б даже я желал что—нибудь изменить в этом, то мне ничего другого не оставалось бы сделать, как выйти в отставку. Говорю вам это, чтоб яснее обрисовать положение вещей. Сын ваш, конечно, не будет исключен, и я должен был прибегнуть к такой крутой мере только для того, чтобы прекратить невозможную, говоря откровенно, возмутительную сцену. Безнаказанным его поступка тоже нельзя оставить... для других. Я верю в его невинность и в самом скором времени постараюсь удалить эту язву, Вахнова, которого мы держим из—за раненого отца, оказавшего в севастопольскую кампанию большие услуги городу... Но всякому терпению есть граница. Педагогический совет определит сегодня меру наказания вашему сыну, и сегодня же я уведомлю вас. Больше, к сожалению, я ничего не могу для вас сделать.

Мать Карташева молча, взволнованно встала. В ней все бурлило и волновалось, но она как—то совершенно потеряла под собой почву. Она чувствовала свое полное бессилие и вместе с тем чувствовала, что ее все больше охватывало желание чем—нибудь задеть неуязвимого директора. Но она побоялась повредить сыну и предпочла лучше поскорее уехать.

— Я хотел только сказать, — проговорил, вставая за женой, Карташев, — я вполне разделяю все ваши взгляды... Я сам военный, и странно было бы не сочувствовать вам... Дисциплина... конечно... Но я хотел только вам сказать насчет товарищества... Все ж таки, мне кажется, нельзя отрицать его пользы...

Жена с неудовольствием нетерпеливо ждала конца начатого мужем совершенно бесполезного разговора.

— Совершенно отрицаю в том виде, как оно вообще понимается, — ответил директор, — а именно — скрывать негодяев, заслуживающих наказания.

— Боже мой, — прошептала Карташева, — нашаливший ребенок — негодяй!

И вдруг то, чего она боялась, что еще держала в себе, вылетело как—то само собой:

— Но этот негодяй заслуживает все—таки, чтобы его выслушали, прежде чем осыпать его бранью?

Директор вспыхнул до корня волос.

— Сударыня, если я смею сказать вам у себя в доме... Я сказал бы... Я сказал бы, что не считаю себя ответственным в своих поступках перед вами.

Карташева спохватилась.

— Я прошу вас извинить мою невольную горячность... Это все так ново... пожалуйста, извините... У вашей жены есть дети? — обратилась она с неожиданным вопросом к директору.

— Есть, — озадаченно ответил он.

— Передайте ей, — дрожащим голосом проговорила Карташева, — что я от всего сердца желаю ей и ее детям никогда не пережить того, что пережили сегодня я и мой сын.

И, едва сдерживая слезы, она вышла на лестницу и поспешно спустилась к экипажу.

Сидя в экипаже, она ждала мужа, который остался еще, чтобы какой—нибудь прощальной фразой смягчить впечатление, произведенное его женой на директора... Мысли беспорядочно, нервно проносились в ее голове. Чужая... Совсем чужая... Все пережитое, перечувствованное, выстраданное — не дает никаких прав. Это оценка того, кому непосредственно с рук на руки отдаешь свой десятилетний, напряженный до боли труд. Убийственное равнодушие... Общие соображения?! Точно это общее существует отвлеченно, где—то само для себя, а не для тех же отдельных субъектов... Точно это общее, а не они сами, со временем станет за них в ряды честных, беззаветных работников своей родины... Точно нельзя, не нарушая этого общего, не топтать в грязь самолюбия ребенка.

— Едем, — проговорила она нервно садившемуся мужу, — едем скорее от этих неуязвимых людей, которые думают только о своих удобствах и не в состоянии даже вспомнить, что сами были когда—то детьми.

Вечером было прислано определение педагогического совета. Тёма в течение недели должен был на лишний час оставаться в гимназии после уроков.

На следующий день Тёма с надлежащими инструкциями был отправлен в гимназию уже один.

Поднимаясь по лестнице, Тёма лицом к лицу столкнулся с директором. Он не заметил сначала директора, который, стоя наверху, молча, внимательно наблюдал маленькую фигурку, усердно шагавшую через две ступени. Когда, поднявшись, он увидал директора, — черные глаза последнего строго и холодно смотрели на него.

Тёма испуганно, неловко стащил шапку и поклонился.

Директор едва заметно кивнул головой и отвел глаза.

VII

БУДНИ

Мелкий ноябрьский дождь однообразно барабанил в окна.

На больших часах в столовой медленно—хрипло пробило семь часов утра.

Зина, поступившая в том же году в гимназию, в форменном коричневом платье, в белой пелеринке, сидела за чайным столом, пила молоко и тихо бурчала себе под нос, постоянно заглядывая в открытую, лежавшую перед ней книгу.

Когда пробили часы, Зина быстро встала и, подойдя к Тёминой комнате, проговорила через дверь:

— Тёма, уже четверть восьмого.

Из Тёминой комнаты послышалось какое—то неопределенное мычание.

Зина возвратилась к книге, и снова в столовой раздался тихий, равномерный гул ее голоса.

В комнате Тёмы царила мертвая тишина.

Зина опять подошла к двери и энергично произнесла:

— Тёма, да вставай же!

На этот раз недовольным, сонным голосом Тёма ответил:

— И без тебя встану!

— Осталось всего пятнадцать минут, я тебя ни одной минуты не буду ждать. Я не желаю из—за тебя каждый раз опаздывать.

Тёма нехотя поднялся.

Надев сапоги, он подошел к умывальнику, раза два плеснул себе в лицо водой, кое—как обтерся, схватил гребешок, сделал небрежный раздел сбоку — кривой и неровный, несколько раз чеснул свои густые волосы; не докончив, пригладил их нетерпеливо руками и, одевшись, застегивая сюртук на ходу, вошел в столовую.

— Мама приказала, чтоб ты непременно стакан молока выпил, — проговорила Зина.

Тёма только сдвинул молча брови.

— Я не буду такой бурды пить... Пей сама! — ответил Тёма, толкая поданный Таней стакан чаю.

— Артемий Николаевич, мама крепкий же не позволяют.

Тёма посидел несколько мгновений, затем решительно вскочил, взял чайник и подлил себе в стакан крепкого чаю.

Таня посмотрела на Зину, Зина на Тёму; а Тёма, довольный, что добился своего, макал в чай хлеб и ел его, ни на кого не глядя.

— Молоко будете пить? — спросила Таня.

— Полстакана!

После молока Зина встала и, решительно проговорив: "Я больше ни минуты не жду", — начала поспешно собирать свои тетради и книги.

Тёма не спеша последовал ее примеру.

Брат и сестра вышли на подъезд, где давно уже ждал их со всех сторон закрытый, точно облитый водой, экипаж, мокрая Буланка и такой же мокрый, сгорбившийся, одноглазый Еремей.

В экипаже исчезли сперва Зина, а за ней Тёма.

Еремей застегнул фартук и поехал.

Дождь уныло барабанил по крыше экипажа. Тёме вдруг показалось, что Зина заняла больше половины сиденья, и потому он начал полегоньку теснить Зину.

— Тёма, что тебе надо? — спросила будто ничего не понимавшая Зина.

— Ну, да ты расселась так, что мне тесно!

И Тёма еще сильнее нажал на Зину.

— Тёма, если ты сейчас не перестанешь, — проговорила Зина, упираясь изо всех сил ногами, — я назад поеду, к папе!..

Тёма молча продолжал свое дело. Сила была на его стороне.

— Еремей, поезжай назад! — потеряв терпение, крикнула Зина.

— Еремей, пошел вперед! — закричал в то же время Тёма.

— Еремей — назад!

— Еремей — вперед!

Окончательно растерявшийся Еремей остановился и, заглядывая через щель единственным глазом к своим неуживчивым седокам, проговорил:

— Ну ей—же—богу, я слизу с козел, и идьте, як хотыте, бо вже не знаю, кого и слухаты!

Внутри экипажа все стихло. Еремей поехал дальше. Он благополучно добрался до женской гимназии, где сошла Зина. Тёма поехал дальше один.

Фантазия незаметно унесла его далеко от действительности, на необитаемый остров, где он, всласть навоевавшись с дикарями и со всевозможными чудовищами мира, надумался наконец умирать.

Умирать Тёма любил. Все будут жалеть его, плакать; и он будет плакать... И слезы вот—вот уж готовы брызнуть из глаз Тёмы... А Еремей давно уже стоит у ворот гимназии и удивленным глазом смотрит в щелку. Тёма испуганно приходит в себя, оглядывается, по царящей тишине во дворе соображает, что опоздал, и сердце его тоскливо замирает. Он быстро пробегает двор, лестницу, проворно снимает пальто и старается незамеченным проскользнуть по коридору.

Но высокий Иван Иванович, размахивая своими длинными руками, уже идет навстречу. Он как—то мимоходом ловит за плечо Тёму, заглядывает ему в лицо и лениво спрашивает:

— Карташев?

— Иван Иванович, — не записывайте, — просит Тёма.

— Учитель же все равно запишет, — отвечает флегматично Иван Иванович, у которого не хватает духу прямо отказать.

— У нас батюшка... я попрошу...

Иван Иванович нерешительно, нехотя говорит:

— Хорошо...

Тёма отворяет большую дверь и как—то боком входит в свой класс. Его обдает спертым, теплым воздухом, он торопливо кланяется батюшке и спешит озабоченно на свое место.

По окончании урока маленькая фигурка бежит за священником:

— Батюшка, сотрите мне abs[4].

Батюшка идет, переваливаясь с боку на бок, не спеша откидает свою шелковую рясу, достает платок, сморкается и спрашивает Тёму:

— А зачем же вы опаздываете?

За Тёмой и батюшкой, толкаясь, бежит целый хвост любопытных учеников. Всякому интересно хоть одним ухом послушать, в чем дело.

— У нас часы отстают, — отвечает Тёма, понижая голос так, чтобы другие не слышали. — Я теперь их поставлю на четверть часа вперед.

— Вы часов не портите, а лучше сами вставайте на четверть часа раньше, — говорит батюшка и исчезает в дверях учительской.

Хвост фыркает.

Тёма подавляет недоумение, делает беспечную физиономию перед насмешливо смотрящими на него учениками и спешит в класс. Там он садится на свое место, поднимает оба колена, упирается ими в скамью и, стараясь смотреть равнодушно, вдумывается в смысл батюшкиных слов.

Вахнов свернул бумажку и, помочив ее слюнями, водит ею вокруг шеи и лица Тёмы. Тёма досадливо говорит:

— Ну, отстань же!

Но Вахнов не отстает.

— Ну, что ты за свинья! — говорит Тёма.

В ответ Вахнов хватает Тёму за руку и выкручивает ее ему за спину. У Тёмы закипает бессильная злоба, ему хочется "треснуть" Вахнова, и он пускается на хитрость.

— Ну, оставь же, — повторяет уже ласково Тёма.

Вахнов смягчается, снисходительно дает Тёме щелчок и выпускает его руку. Тёма быстро вскакивает на скамью и, "треснув" Вахнова, мчится от него по скамьям. Верзила Вахнов несется за ним. Тёма прыгает на пол и бросается к двери. Вахнов настигает его, мнет и со всего размаха бьет ладонью по лопаткам.

---

[4] Abs — отсутствует (от лат. absens).

— Ну, что ты за свинья?! — говорит тоскливо Тёма.

Вахнов отвечает увесистыми шлепками.

— Оставь же, — уже жалобно молит Тёма. — Ну, что ты меня мучишь?

В голосе Тёмы слышатся Вахнову слезы. Ему делается жаль Тёму.

— Му—мочка! — говорит Вахнов и опять, уже от избытка чувств, тискает Тёму.

По коридору идет молодой, в очках, учитель латинского языка Хлопов. При входе учителя все уже по местам. Хлопов внимательно осматривает класс, быстро делает перекличку, затем сходит с своего возвышения и весь урок гуляет по классу, не упуская ни на мгновение никого из виду. Проходя мимо скамьи, где сидит маленький с кудрявой головой и потешной птичьей физиономией Герберг, учитель останавливается, нюхает воздух и говорит:

— Опять чесноком воняет?!

Герберг краснеет, так как аромат несется из его ящика, где лежит аппетитный кусок принесенной им для завтрака фаршированной щуки.

— Я вас в класс не буду пускать! Что это за гадость?! Сейчас же вынесите вон! — И, помолчав, говорит вслед уносящему свое лакомство Гербергу:

— Можете себе наслаждаться, когда уж так нравится, дома.

Ученики фыркают, смотрят на Герберга, но на лице последнего, кроме непонимания: как может не нравиться такая вкусная вещь, как фаршированная щука, — ничего другого не отражается. Тёма с любопытством смотрит на Герберга, потому что он сын Лейбы, и Тёма, постоянно видевший Мошку за прилавком отца, никак не может освоиться с фигурой его в гимназическом сюртуке.

— Корнев, склоняйте, — говорит учитель.

Корнев встает, перекашивает свое и без того некрасивое, вздутое лицо и кисло начинает хриплым, низким голосом.

Учитель слушает и раздраженно морщится.

— Да что вы скрипите, как немазаная телега? Ведь, наверно же, во время рекреации[5] умеете говорить другим голосом.

Корнев прокашливается и начинает с более высокой ноты.

— Иванов, продолжайте...

Сосед Тёмы, Иванов, встает, смотрит своими косыми глазами на учителя и продолжает.

— Неверно! Вахнов, поправить!

Вахнов встрепанно вскакивает и молчит.

— Карташев!

Тёма вскакивает и поправляет.

— Ну? Дальше!

— Я не знаю, — угрюмо отвечает Иванов.

— Вахнов!

— Я вчера болен был.

— Болен, — кивает головой учитель. — Карташев!

Тёма встает и вздыхает: недаром он хотел повторить перед уроком — все выскочило из головы.

— Ну, не знаете, говорите прямо!

— Я вчера учил.

— Ну, так говорите же!

Тёма сдвигает брови и усиленно смотрит вперед.

— Садитесь!

Учитель в упор осматривает Вахнова, Карташева и Иванова.

Вахнов самодовольно водит глазами из стороны в сторону. Иванов, сдвинув брови, угрюмо смотрит в скамью. Затянутый, бледный Тёма огорченно, пытливо всматривается своими испуганными голубыми глазами в учителя и говорит:

— Я вчера знал. Я испугался...

Учитель пренебрежительно фыркает и отворачивается.

— Яковлев, фразы!

Встает первый ученик Яковлев и уверенно и спокойно говорит:

— Asinus excitatur baculo.

— Швандер! Переводите.

---

5 Перемена (от лат. recreatio).

Встает ненормально толстый, упитанный, чистенький мальчик. Он корчит болезненные рожи и облизывается.

— Пошел облизываться! Да что вы меня есть собираетесь, что ли?!

Ученики смеются.

Швандер судорожно нажимает большой палец на скамью, делает усилие и говорит:

— Осел...

— Ну?

— Погоняется...

Швандер делает еще одну болезненную гримасу и кончает:

— Палкою.

— Слава богу, родил.

Вторая половина урока посвящается письменному ответу.

Учитель ходит и внимательно следит, чтобы не списывали. Глаза его встречаются с глазами Данилова, в которых вдруг что—то подметил проницательный учитель.

— Данилов, дайте вашу книжку.

— У меня нет книжки, — говорит, краснея, Данилов и неловко поднимается с места, зажимая в то же время коленями латинскую грамматику.

Учитель заглядывает и собственноручно вытаскивает злополучную книгу.

Данилов сконфуженно смотрит в скамью.

— Тихоня, тихоня, а мошенничать уже научился. Стыдно! Станьте без места!

Симпатичная сутуловатая фигура Данилова как—то решительно идет к учительскому месту и становится лицом к классу. Его сконфуженные красивые глаза смотрят добродушно и открыто прямо в глаза учителю.

Раздается давно ожидаемый, отрадный для ученического слуха звонок.

— К следующему классу...

Учитель задает по грамматике, потом фразы с латинского на русский, затем сам диктует с русского на латинский и, отняв еще пять минут из рекреационных, наконец уходит.

Больше всего огорчают учеников эти лишние пять минут.

После урока Хлопова как—то мало оживления. Большинство сидит в любимой позе — с коленками, упертыми в скамью, и устало, бесцельно смотрит.

На учительском возвышении неожиданно появляется старый, толстый учитель русского языка.

— У попугая на шесте было весело! — монотонно, нараспев тянет он и чешет свою лысину о приставленную к ней линейку.

Тёме с Вахновым тоже весело, и никакого дела им нет ни до попугая, ни до учителя, ни до его системы, в силу которой учитель считал необходимым прежде всего ознакомить детей с синтаксисом.

— Герберг, где подлежащее?

— На шесте, — вскакивает Герберг и впивается своей птичьей физиономией в учителя.

— Дурак, — тем же тоном говорит учитель, — ты сам на шесте... Карташев!..

Тёма, только что получивший в самый нос щелчок, встрепанно вскакивает и в то же мгновение совсем исчезает, потому что Вахнов ловким движением своей ноги сталкивает его на пол.

— Карташев, ты куда девался? — кричит учитель.

Тёма, красный, появляется и объясняет, что он провалился.

— Как ты мог провалиться, когда под тобою твердый пол?

— Я поскользнулся...

— Как ты мог поскользнуться, когда ты стоял?

Вместо ответа Тёма опять едет под скамью. Он снова появляется и с ожесточенным отчаянием смотрит украдкой на Вахнова. Вахнов, положив локоть на скамью, прижимает ладонью рот, чтобы не прыснуть, и не смотрит на Тёму. Тёма срывает сердце незаметным пинком Вахнову в плечо, но учитель увидел это и обиделся.

— Карташеву единицу за поведение.

Лысая, как колено, голова учителя наклоняется и ищет фамилию Карташева. Тёма, пока учитель не видит, еще раз срывает свой гнев и теребит Вахнова за волосы.

— Карташев, где подлежащее?

85

Тёма мгновенно бросает Вахнова и ищет глазами подлежащее.

Яковлев, отвалившись вполуоборот с передней скамьи, смотрит на Тёму. "Подскажи!" — молят глаза Тёмы.

— У попугая, — шепчет Яковлев, и ноздри его раздуваются от предстоящего наслаждения.

— У попугая, — подхватывает радостно Тёма.

Общий хохот.

— Дурак, ты сам попугай. С этих пор Карташев не Карташев, а попугай. Герберг не Герберг, а шест. Попугай на шесте — Карташев на Герберге.

Класс хохочет. Яковлев стонет от восторга.

Толстая, громадная фигура учителя начинает слегка колыхаться. Добродушные маленькие серые глаза прищуриваются, и некоторое время старческое "хе—хе—хе" несется по классу.

Но вдруг лицо учителя опять делается серьезным, класс стихает, и тот же монотонный голос нараспев продолжает:

— В классе — где подлежащее?

Гробовое молчание.

— Дурачье, — добродушно, нараспев говорит учитель. — Все попугаи и шесты. Сидят попугаи на шестах.

Между тем Тёма не спускает глаз с Яковлева.

— Разве он смеет подсказать глупости? — не то советуется, не то протестует Тёма, обращаясь к Вахнову.

Как только раздается звонок, он бросается к Яковлеву:

— Ты смеешь глупости подсказывать?!

— А тебе вольно повторять, — пренебрежительно фыркает Яковлев.

— Так вот же тебе! — говорит Тёма и со всего размаха бьет его кулаком по лицу. — Теперь подсказывай!

Яковлев первое мгновенье растерянно смотрит и затем порывисто, не удостоивая никого взглядом, быстро уходит из класса. Немного погодя появляется в дверях бритое, широкое лицо инспектора, а за ним весь в слезах Яковлев.

— Карташев, подите сюда! — сухо и резко раздается в классе.

Тёма поднимается, идет и испуганно смотрит в выпученные голубые глаза инспектора.

— Вы ударили Яковлева?

— Он...

— Я вас спрашиваю: ударили вы Яковлева?

И голос инспектора переходит в сухой треск.

— Ударил, — тихо отвечает Тёма.

— Завтра на два часа без обеда.

Инспектор уходит. Тёма, воспрянувший от милостивого наказания, победоносно обращается к Яковлеву и говорит:

— Ябеда!

— А по—твоему, ты будешь по морде бить, а тебе ручки за это целовать? — грызя ногти и впиваясь своими маленькими глазами в Тёму, ядовито—спокойно спросил Корнев.

Вошел новый учитель — немецкого языка, Борис Борисович Кноп. Это была маленькая, тщедушная фигурка. Такие фигурки часто попадаются между фарфоровыми статуэтками: в клетчатых штанах и синем, с длинными узкими рукавами, фраке. Он шел тихо, медленною походкой, которую ученики называли "раскорякой".

В Борисе Борисовиче ничего не было учительского. Встретив его на улице, можно было бы принять его за портного, садовника, мелкого чиновника, но не за учителя.

Ученики ни про одного учителя ничего не знали из его домашней жизни, но про Бориса Борисовича знали всё. Знали, что у него жена злая, две дочки — старые девы, мать — слепая старуха, горбатая тетка. Знали, что Борис Борисович бедный, что он трепещет перед начальством не хуже любого из них. Знали и то, что Борису Борисовичу можно перо смазывать салом, в чернильницу сыпать песок, а в потолок, нажевав бумаги, пускать бумажных чертей.

В последнее время Борис Борисович стал заметно подаваться.

Сделав перекличку, он с трудом сошел с возвышения, на котором стоял его стол, и расслабленно, по—стариковски, остановившись перед классом, начал не спеша вынимать из заднего кармана фрака носовой платок.

Высморкавшись, Борис Борисович поднял голову и обратился к ученикам с благодушной речью, в которой предложил им не шуметь, слушать спокойно урок и быть хорошими, добрыми детьми.

— Пожалуйста, — кончил Борис Борисович, и в голосе его зазвучала просьба усталого, больного человека.

Но Борис Борисович сейчас же спохватился и уже более строго прибавил:

— А кто не захочет смирно сидеть, того я без жалости буду совсем строго наказывать.

Несколько минут все шло хорошо. Болезненный вид учителя смирил учеников. Но Вахнов, уже наладив опытной рукой перо, издал им тонкий, тревожный, хорошо знакомый учителю звук.

Борис Борисович вскипел.

— Вы свиньи, и с вами нельзя по—человечески говорить... Вы тогда только чувствуете уважение к человеку, когда он вас вот как душить будет.

И, дрожа от бешенства, Борис Борисович поднял свой кулачок и показал, как будет душить.

— Ах ты, немецкая селедка! — прошептал кто—то и, разжевав бумагу, искусно влепил ее в борт фрака Бориса Борисовича.

Учитель опешил. Несколько секунд длилось молчание.

— Хорошо, — наконец как—то подавленно проговорил он. — Я вот так с этим и пойду к директору. Я покажу ему это. Я расскажу ему, что вы со мной делаете, как вы меня мучаете. Я приведу его в класс, и пусть он сам смотрит на всех этих чертей (учитель показал на висевших по потолку на ниточке чертей), на это перо и на эту чернильницу, и я скажу, что самый главный и злой, самый грубый, бессмысленный скот — это Вахнов.

— За что вы ругаетесь?! — вскочил Вахнов. — Вы всегда надо мной издеваетесь. Я ничего не делаю, а вы ругаетесь.

И Вахнов вдруг завыл благим матом.

Учитель растерялся и полез в карман за табакеркой. Он медленно вынул ее из кармана, постучал по ней пальцем, открыл крышку, достал щепотку табаку и, не сводя глаз с Вахнова, начал потихоньку нюхать. Вахнов продолжал выть, внимательно наблюдая сквозь пальцы учителя.

— Я пойду жаловаться инспектору, — проговорил Вахнов, перестав вдруг завывать, и порывисто направился к двери.

— Вахнов, назад! — остановил его нерешительно учитель.

— А за что вы ругаетесь? Вы меня поймали? Когда поймаете...

— А не пойман, так не вор? Эхе—хе... Вахнов... Нехорошо...

В ответ Вахнов, садясь на место, дернул за перо.

— Ты и теперь скажешь, что не ты.

— Теперь я со злости.

— Со злости? — огорченно переспросил учитель и покачал головой. — Вахнов, Вахнов...

Учитель глубоко вздохнул и задумался.

Вахнов начал пищать так, как пищат маленькие, еще слепые щенки.

— Ва—а—хнов!.. — уныло проговорил учитель.

— Я давно знаю, что я Вахнов.

— Ты знаешь... Ты много знаешь... У тебя хорошее сердце, Вахнов... Сердце лошади... иди жалуйся.

Борис Борисович закрыл глаза и опустил голову на руку. Он чувствовал какой—то особенный упадок сил.

— Иди жалуйся на меня, — повторил он снова, с трудом открывая глаза. — Иди скажи, что тебе надоел старый, больной Борис Борисович, у которого пять человек на плечах...

Вахнов опять задергал перо.

Учитель бессильно опустил голову.

— Да брось, — обратился к Вахнову Касицкий, — ведь болен же человек!

Но на Вахнова нашло. Он, спрятав голову под скамью, начал хрюкать.

Борис Борисович беспомощно оглянулся.

— Послушай ты, идиот! — вскочил Корнев, обращаясь к Вахнову. — Господа, да уймите же его! — обратился он к ближайшим товарищам Вахнова.

Серб Августич, сорвавшись с места, каким—то клубком

подлетел к Вахнову и, как зверь, скаля зубы, с налитыми кровью глазами, прохрипел своим твердым наречием:

— Скотына! Убью!

Вахнов так и обмер.

— Дрянь!

— Я больной, — прошептал тихо Борис Борисович, — пожалуйста, скорее позовите надзирателя.

Августич бросился в коридор. Дети испуганно стихли.

— Ничего, ничего, это пройдет, — тоскливо шептали побелевшие губы учителя.

В классе воцарилась мертвая тишина. Учитель точно застыл, наклонившись и едва держась рукой за край стола. Весь класс замер в неподвижных позах, и только бумажные черти, подвешенные к потолку и приводимые в движение сквозняком, тянувшим из отворенной в коридор двери, медленно и беззвучно раскачивались над головой больного.

— Пожалуйста... — тоскливо обратился учитель к вошедшему Ивану Ивановичу. — Я немножко болен. Пожалуйста, помогайте мне.

И учитель с помощью надзирателя, грузно опершись на его руку, медленно и тихо потащился из класса.

Последний урок был Томылина — учителя естественной истории.

Ученики свободно и непринужденно встретили входившего средних лет, представительного, полного учителя.

Он шел и легко, красиво нес в своих руках фигуры разных зверей. Положив их на стол, он вынул чистый, белый платок, смахнул им пыль с рукавов своего, безукоризненно сидевшего на нем, синего фрака и вытер руки. Еще на ходу, окинув весело класс, он бросил свое обычное, как будто небрежное:

— Здравствуйте, дети!

Но это "здравствуйте, дети!" током пробежало по детским сердцам и заставило их весело встрепенуться.

Сделав перекличку, учитель поднял голову и проговорил:

— Я принес вам, дети, прекрасный экземпляр чучела очковой змеи.

Учитель взял коробку и осторожно вынул змею. Он высоко

поднял руку, и ученики приподнялись, с напряжением всматриваясь в страшную змею с большими желтыми, точно в очках, глазами.

— Очковая змея, — проговорил учитель, — ядовита. Укус ее смертелен. Яд помещается, так же как и у других ядовитых змей, в голове, возле зубов.

Томылин нажал пружинку, и змея открыла рот.

— Просунь осторожно палец, — сказал Томылин, обращаясь к Августичу. — Не бойся...

Когда Августич просунул палец, Томылин отпустил пружину, и змея снова закрыла рот.

Августич нервно отдернул палец. Все и Томылин рассмеялись.

— Ты видишь на своем пальце черные полоски: это безвредная, простая жидкость, заменяющая собою яд. Теперь смотри, как этот яд из головы проходит в зубы змеи.

Учитель поднял часть кожи на голове змеи, и Августич через стеклянный череп увидел возле зубов маленькое черное пятнышко с тоненькими ниточками, исчезавшими в зубах.

Ученики вскочили с своих мест и наперебой спешили заглянуть в аппарат.

— Не теснитесь, всем покажу, — произнес Томылин.

Когда осмотр кончился и класс снова пришел в порядок, Томылин заговорил:

— Дети, сегодня эта дверь затворилась, и, может быть, навсегда, за вашим учителем, потому что Борис Борисович страдает тяжелой, неизлечимой болезнью. Там, за этой дверью, ждут его пять бедных, не способных зарабатывать себе хлеб женщин, которые без него останутся без куска хлеба...

Учитель замолчал, прошелся по классу и проговорил:

— Ну, начнем. Тёма, отвечай!

Тёма, всегда добросовестно учивший естественную историю, но этот раз не знал урока, потому что, по расписанию, Томылин должен был в этот урок рассказывать.

Тёма сгорел со стыда, прежде чем открыл рот. Когда он окончил, Томылин, огорченный, не то спросил, не то сказал:

— Не выучил?

Тёма сел и расплакался.

Томылин вызвал другого, третьего и, казалось, забыл о Тёме.

Тёма перестал плакать и угрюмо—сконфуженно сидел, облокотившись на локоть. В нем шевелилось злое чувство и на себя, и на весь класс — свидетелей его слез, — и на Томылина. И он еще угрюмее сдвигал брови.

— К следующему классу выучишь урок? — спросил вдруг, мимоходом, Томылин, по обыкновению положив руку на волосы Тёмы и слегка поднимая его голову.

Тёма нехотя поднял глаза, но встретил такой приветливый, ласковый взгляд учителя, взгляд, проникший в самую глубь его души, что сердце Тёмы екнуло, и он быстро ответил:

— Выучу.

— Отчего ты на сегодня не выучил?

— Я думал, что вы будете рассказывать.

— Ну, выучи, я еще раз спрошу.

Последний урок кончился. Ученики толпами валят на улицу.

Тёма заходит за Зиной, и они оба идут пешком домой.

Зина весела. Она получила пять и вдобавок несет матери целый ворох самых интересных, самых свежих новостей.

— Спрашивали? — обращается она к Тёме. — Сколько?

— Тебе какое дело?

— А мне пять, — говорит Зина.

— Ваша пятерка меньше нашей тройки, — отвечает Тёма презрительно.

— Поче—е—му?

— А потому, что вы девочки, а учителя больше любят девочек, — говорит авторитетно Тёма.

— Какие глупости!

— Вот тебе и глупости.

За обедом Зина ест с аппетитом и говорит, говорит. Тёма ест лениво, молчит и равнодушно—устало слушает Зину. К общему обеду они опоздали. В столовой тем не менее, кроме отца, все налицо. Мать сидит, облокотившись на стол, и любуется своей смуглой, раскрасневшейся дочкой. Переведя глаза на сына, мать тоскливо говорит:

— Ты совсем зеленый стал... Отчего ты ничего не ешь?

— Мама, оттого, что он всегда на свои деньги сласти покупает.

— Неправда, — отвечает Тёма, пораженный сообразительностью Зины.

— Ну да, неправда.

— Я поеду и попрошу директора, чтоб он устроил для желающих завтраки, — говорит мать.

Тёме представляется фигура матери с ее странным проектом и сдержанная, стройная фигура директора. От одной мысли ему делается неловко за мать, и он торопится предупредить ее, говоря совершенно естественно:

— Одна мать уже приезжала, и директор не согласился.

После обеда Тёма идет в сад, где ветер уныло качает обнаженные деревья, сквозь которые видны все заборы сада, и кажется Тёме, что меньше как будто стал сад. Из сада Тёма идет к Иоське, который в теплой, грязной кухне, сидя где—нибудь в уголке и распустив свои толстые губы, возится над чем—то. Тёма идет на наемный двор, пробирается между кучами и ищет глазами ватагу. Но уже нет прежних приятелей. И Гераська, и Яшка, и Колька — все они за работой. Гераська — за верстаком. Яшка и Колька — ушли в город помогать родителям.

У забора копошатся остатки ватаги. Много новых, всё маленькие: красные, в лохмотьях, посиневшие от холода, усердно потягивают носом и с любопытством смотрят на чужого им Тёму. Знакомая пуговка блестит на воздухе, но нет уже больше ее веселых хозяев. Тёма любовно, тоскливо узнает и всматривается в эту, пережившую своих хозяев, пуговку, и еще дороже она ему. Какие—то обрывки неясных, грустных и сладких мыслей — как этот замирающий день, здесь холодный и неприветливый, а там, между туч, в том кусочке догорающего неба, охватывающий мальчика жгучим сожалением, — толпятся в голове Тёмы и не хотят, и мешают, и не пускают на свободу где—то там, глубоко в голове или в сердце как будто сидящую отчетливую мысль.

— Тёмочка, зайдите на часок ко мне, — выскакивает, увидев в окно Тёму, Кейзеровна.

Тёма входит в теплую, чистую избу, вдыхает в себя знакомый запах глины с навозом, которой заботливая хозяйка смазывает пол и печку, скользит глазами по желтому чистому полу, белым стенам, маленьким занавесочкам, потемневшему лицу рыхлой Кейзеровны и ждет.

— Тёмочка, кто у вас учитель немецкого языка?

— Борис Борисович, — отвечает Тёма.

— Вы знаете, Тёмочка, у Бориса Борисовича моя сестра в услужении.

Тёма ласково, осторожно говорит:

— Он сегодня немножко заболел.

— Заболел? Чем заболел? — встрепенулась Кейзеровна.

— У него голова заболела, он не докончил урока.

— Голова? — И Кейзеровна делает большие глаза, и губы ее собираются в маленький, тесный кружок. — Ох, Тёмочка, сестре они больше тридцати рублей должны. Надо идтить.

Тёма слышит тревожную, тоскливую нотку в этом "идтить", и эта тревога передается и охватывает его.

В его воображении рисуется больной учитель и пять старых женщин, которых Тёма никогда не видал, но которые вдруг, как живые, встали перед ним: вот горбатая, морщинистая старуха — это тетка; вот слепая, с длинными седыми волосами — мать.

— Кейзеровна, у матери учителя бельма на глазах?

— Нет.

— Они бедные?

— Бедные, Тёмочка! Не дай бог его смерти, хуже моего им будет.

— Что ж они будут делать?

— А уж и не знаю... Старуху и тетку, может, в богадельню возьмут... пастор устроит, а жена и дочери — хоть милостыньку на улице иди просить.

— Милостыньку? — переспрашивает Тёма, и его глаза широко раскрываются.

— Милостыньку, Тёмочка. Вот когда вырастете, будете ехать в карете и дадите им копеечку...

— Я рубль дам.

— Что бросите, за все господь заплатит. Бедному человеку подать, все равно что господа встретить... и удача всегда во всем будет. Ну, Тёмочка, я пойду.

Тёма неохотно встает. Ему хочется расспросить и об учителе еще, и об этих женщинах, которые обречены на милостыньку. Мысли его толпятся около этой милостыньки, которая представляется ему неизбежным выходом.

Придя домой, он утомленно садится на диван возле матери и говорит:

— Знаешь, мама, Борис Борисович заболел... Кейзеровны сестра у них служит. Я ей сказал, что он заболел... Знаешь, мама, если он умрет, его мать и тетку в богадельню возьмут, а жена и две дочки пойдут милостыню просить.

— Кейзеровна говорит?

— Да, Кейзеровна. Мама, можно мне яблока?

— Можно.

Тёма пошел достал себе яблоко и, усевшись у окна, начал усердно и в то же время озабоченно грызть его.

— А ты хочешь поехать к Борису Борисовичу?

— С кем?

— Со мной.

Тёма нерешительно заглянул в окно.

— Тебе хочется?

— А это не будет стыдно?

— Стыдно? отчего тебе кажется, что это стыдно?

— Ну хорошо, поедем, — согласился Тёма.

В доме учителя Тёма неловко сидел на стуле, посматривая то на старушку — мать его, маленькую, худенькую женщину в черном платье, с зеленым зонтиком на глазах, то на высокую, худую девушку с белым лицом и черненькими глазками, ласково и приветливо посматривавших на Тёму. Только жена не понравилась Тёме, полная, недовольная, бледная женщина.

Сказали учителю и повели Тёму к нему. За ситцевыми ширмами стояла простая кровать, столик с баночками, вышитые красивые туфли.

"Какой же он бедный, — пронеслось в голове Тёмы, — когда у него такие туфли?"

Тёма подошел к кровати и испуганно посмотрел в лицо Бориса Борисовича. Ему бросились в глаза бледное, жалкое лицо учителя и тонкая, худая рука, которую Борис Борисович держал на груди. Борис Борисович поднял эту руку и молча погладил Тёму по голове. Тёма не знал, долго ли он простоял у кровати. Кто—то взял его за руку и опять повел назад. Он вошел в гостиную и остановился.

Его мать разговаривала с Томылиным. Тёму как—то поразило сочетание красивого лица учителя и возбужденного, молодого лица матери. Мать приветливо улыбнулась сыну своими выразительными глазами.

Тёме вдруг показалось, что он давно—давно уже видел где—то вместе и мать, и Томылина, и себя.

— Здравствуй, Тёма, — проговорил Томылин, ласково притянул его к себе и, обняв его рукой, продолжал слушать Аглаиду Васильевну.

— Я понимаю, конечно, — говорила она, — и все—таки можно было бы иначе устроить. Все основано на форме, на дисциплине, на страхе старших уронить как—нибудь свое достоинство, но из—за этого достоинство ребенка ни во что не ставится и безжалостно попирается на каждом шагу нашими педагогами. А посмотрите у англичан! Там уже десятилетний мальчуган сознает себя джентльменом. Я не о вас говорю... Ваши уроки совершенно отвечают тому, как, по—моему, должно быть поставлено дело. И я не могу удержаться, чтобы не сказать, monsieur Томылин... — мать посмотрела на Тёму, на мгновение остановилась в нерешительности, вскинула глазами на Томылина и быстро продолжала по—французски: — ...чем вы влияете на детей и чем получаете широкий доступ к их сердцам: вы щадите чувство собственного достоинства ребенка; он знает, что его маленькое самолюбие вам так же дорого, как и ваше собственное.

— Если приятна деятельность, то еще приятнее оценка ее...

— Она приятна и необходима, по—моему. Поверьте, что мы, родители, ничем не повредили бы вам, если б имели возможность почаще делиться с вами, учителями, впечатлениями. А в теперешнем виде ваша гимназия мне напоминает суд, в котором есть и председатель, и прокурор, и постоянный подсудимый и только нет защитника этого маленького и, потому что маленького, особенно нуждающегося в защитнике подсудимого...

Томылин молча улыбнулся.

— Ах, какая прелесть твой Томылин, — сказала дорогой мать, полная впечатлений неожиданной встречи.

Тёма был счастлив за своего учителя и тоже переживал наслаждение от бывшего свидания.

— Мама, за что тебя у Бориса Борисовича благодарили?

— Я предложила им переговорить с тетей Надей, чтобы устроить одну дочь классной дамой, а другую учительницей музыки.

— В институте?

— В институте. Вот видишь, и не будут просить милостыню, если даже, не дай бог, и умрет Борис Борисович...

Тёме после всего пережитого совсем не хотелось приниматься за приготовление уроков для другого дня.

Зина давно уже сидела за уроками, а Тёма все никак не мог найти нужной ему тетради. Брат и сестра занимались в маленькой комнатке, всегда под непосредственным наблюдением матери, которая обыкновенно в это время что—нибудь читала, сидя поодаль в кресле.

Тёма уже двадцатый раз рассеянно переходил от стола к этажерке, где на отдельной полке, в невозможном беспорядке, в контрасте с полкой сестры, валялась перепутанная, хаотическая куча книг и тетрадей.

Зина не выдержала и, молча, бросив работу, наблюдала за братом.

— Показать тебе, Тёма, как ты ходишь? — спросила она и, не дожидаясь, встала, вытянула шею, сделала бессмысленные глаза, открыла рот, опустила руки и с согнутыми коленками начала ходить бесцельно, толкаясь от одной стенки к другой.

Тёме решительно все равно было как ни тянуть время, лишь бы не заниматься, и он с удовольствием смотрел на сестру.

Мать, оторвавшись от чтения, строго прикрикнула на детей.

— Мама, — проговорила Зина, — я уже полстраницы написала.

— Моя тетрадь где—то затерялась, — в оправдание проговорил нараспев Тёма.

— Сама затерялась? — строго спросила мать, опуская книгу.

— Я ее вот здесь положил вчера, — ответил Тёма и при этом точно указал место на своей полке, куда именно он положил.

— Может быть, мне поискать тебе тетрадь?

Тёма сдвинул недовольно брови и уже сосредоточенно стал искать тетрадь, которую и вытащил наконец из перепутанной кучи.

— Я ее сам закинул, — проговорил он улыбаясь.

На некоторое время воцарилось молчание.

Тёма погрузился в писание и с чувством начал выводить буквы, или, вернее, невозможные каракули.

Зина, вскинув глазами на брата, так и замерла в наблюдательной позе.

— Тёма, показать тебе, как ты пишешь?

Тёма с удовольствием оставил свое писание и, предвкушая наслаждение, уставился на сестру.

Зина, расставив локти как можно шире, совсем легла на стол, высунула на щеку язык, скосила глаза и застыла в такой позе.

— Неправда, — проговорил сомнительно Тёма.

— Мама, Тёма хорошо сидит, когда пишет?

— Отвратительно.

— Правда — похоже?

— Хуже даже.

— А, что? — торжествующе обратилась Зина к брату.

— А зато я быстрее тебя стихи учу, — ответил Тёма.

— И вовсе нет.

— Ну, давай пари: я только два раза прочитаю и уж буду знать на память.

— Вовсе не желаю.

— Зато через час и забудешь, — проговорила мать, — а Зина всю жизнь будет помнить. Надо учить так, как Зина.

— А, что? — обрадовалась Зина.

— Ну да, если б я все так учил, как ты, — проговорил самодовольно Тёма, помолчав, — я бы давно уж дураком был.

— Мама, слышишь, что он говорит?

— Это почему? — спросила мать.

— Это папа говорил.

— Кому говорил?

— Дяде Ване. Если б я, говорит, все учил, что надо, — я бы и вышел таким дураком, как ты.

— А дядя Ваня что же сказал?

— А дядя Ваня рассмеялся и говорит: ты умный, оттого ты и генерал, а я не генерал и глупый... Нет, не так: ты генерал потому, что умный... Нет, не так...

— То—то — не так. Слушаешь, не понимаешь и выдергиваешь, что тебе нравится. И выйдешь недоучкой.

Опять водворилось молчание.

— Зато я играю лучше тебя, — проговорила Зина.

— Это бабья наука, — ответил пренебрежительно Тёма.

Зина озадаченно промолчала и принялась опять писать.

— А как же Кравченко? — вдруг спросила она, вспомнив своего учителя музыки. — Он, значит, баба?

— Баба, — ответил уверенно Тёма, — оттого у него и борода не растет.

— Мама, это правда? — спросила Зина.

— Глупости, — ответила мать. — Не видишь, разве, что он смеется над тобою?

— У него и хвостик есть, вот такой маленький, — проговорил Тёма, показывая рукой размер хвоста.

— Мама?!

— Тёма, перестань глупости говорить.

Тёма смолк, но продолжал показывать руками размеры хвоста.

— Мама?!

— Тёма, что я сказала?

— Я ничего не говорю.

— Он показывает руками — какой хвостик.

— Еще одно слово, — и я вас обоих в угол поставлю, — не глядя на Тёму, ответила мать.

Он безбоязненно опять показал Зине размеры хвоста. Зина мгновенно подумала и в отместку высунула язык. Тёма в долгу не остался и начал делать ей гримасы. Зина отвечала тем же, и некоторое время они усердно старались перещеголять друг друга в этом искусстве. Тёма окончательно взял верх, скорчив такое лицо, что Зина не выдержала и фыркнула.

— Тёма, садись за маленький столик спиною к Зине и не смей вставать и поворачиваться, пока не кончишь уроков. Стыдись! Ленивый мальчик.

Водворилась тишина, и Тёма наконец благополучно кончил свои занятия. Последнюю латинскую фразу ему лень было учить, и он, отвечая матери и указывая, до каких пор ему было задано, показал пальцем до выпущенных им предлогов. Вообще поверка по латинскому языку была слаба; мать в нем знала меньше Тёмы и познакомилась с языком при помощи самого же Тёмы, с целью хоть как—нибудь проверять занятия своего ленивого сына. Но это приносило скорее вред, чем пользу, и Тёма, ради одного школьничества, часто морочил мать, смотря на нее как на подготовительную для себя школу по части надувания более опытных своих учителей.

Когда уроки кончились, Тёма, посмотрев на часы, с наслаждением подумал об остающемся до сна часе, совершенно свободном от всяких забот. Он заглянул в темную переднюю и, заметив там Еремея, топившего соломой печь, через ворох соломы перебрался к нему и, сев рядом с ним, стал, как и Еремей, смотреть в ярко горевшую печь. Все новая и новая солома быстро исчезала в огне. Тёма усердно помогал Еремею задвигать солому и с интересом ждал, когда потемневшая печь справится с новой порцией. Вот только искры да пепел сквозят через свежую охапку, и кажется, никогда она не загорится; вот как—то лениво вспыхнуло в одном, другом, третьем месте, и, охваченная вдруг вся сразу, солома с страшной, откуда—то взявшеюся силой огня уже рвется и исчезает бесследно в пожирающем ее пламени. Ярко и тепло до боли.

И опять оба, и Еремей и Тёма, ждут нового взрыва.

— Еремей, ты от брата получил письмо из деревни?

— Получил, — отвечает Еремей.

— Что он пишет?

— Пишет, что, слава богу, урожай был. Четвертую лошадь купили.

Еремей оживляется и рассказывает Тёме о земле, посеве, хозяйстве, которое совместно с ним ведет брат.

— Вот, к празднику, если бог даст, попрошусь у папы в деревню, — говорит Еремей.

— Как, на елке не будешь?

Еремей снисходительно улыбается и говорит:

— Там же ж у меня рыдня — сваты, дружки...

— Ты кого больше всех любишь?

— Я всех люблю.

И от сладкой мысли свидания у Еремея рисуются приятные сердцу картины: повязанные головы хохлуш, хустки, тяжелые чеботы, расписная хата, на столе вареники, галушки, горилка, а за столом разгоревшиеся, добродушные, веселые и "ледащие лыца" Грицко, Остапов, Дунь и Марусенек.

— Как ты думаешь, Еремей, мне что подарят на елку?

Еремей оставляет мечты и внимательно смотрит своим одним глазом в огонь:

— Мабуть, ружье?

— Настоящее?

— Настоящее, должно буть, — нерешительно говорит Еремей.

— Вот, Тёмочка, — говорит подошедшая и присевшая Таня, — вырастайте скорей да в офицеры поступайте... сабля сбоку, усики такие...

— Я не буду офицером, — равнодушно говорит Тёма, задумчиво смотря в огонь.

— Отчего не будете? Офицерам хорошо.

И Еремей соглашается, что офицерам хорошо.

— Енералом будете, як папа ваш.

— Мама не хочет, чтобы я был офицером.

— А вы попросите.

— Не хочу. Я ученым буду... как Томылин.

— Не люблю я их; я одного учителя видала, — такой некрасивый, худой... Военный лучше... усики.

— У меня тоже будут усы, — говорит Тёма и старается посмотреть на свою верхнюю губу.

Таня смотрит и целует его. Тёма недовольно отстраняется.

— Зачем ты целуешь?

— Скорее расти будут усы...

— Отчего скорее?

Таня молча смотрит лукаво на Еремея и улыбается. Тёма переводит глаза на Еремея, который тоже загадочно улыбается и весело глядит в печку.

— Еремей, отчего?

— Да так, она шуткует, — говорит Еремей и медленно встает, так как топка печки кончилась.

Тёма тоже встает и идет.

В столовой Зина, придвинув свечку, осторожно держит над ней сахар, который тает и желтыми прозрачными каплями падает на ложку, которую Зина держит другой рукой.

Наташа, Сережа и Аня внимательно следят за каждою каплей.

— И я, — говорит Тёма, бросаясь к сахарнице.

— Тёма, это для Наташи, у нее кашель, — протестует Зина.

— У меня тоже кашель, — отвечает Тёма и с сахаром и ложкой лезет на стол. Он усаживается с другой стороны свечи и делает то же, что Зина.

— Тёма, если ты только меня толкнешь, я отниму свечку... Это моя свечка.

— Не толкну, — говорит Тёма, весь поглощенный работой, с высунутым от усердия языком.

У Тёмы на ложку падают какие—то совсем черные, пережженные, с копотью, капли.

— Фу, какая гадость, — говорит Зина.

Маленькая компания весело хохочет.

— Ничего, — отвечает Тёма, — больше будет... — И он с наслаждением набивает себе рот леденцами в саже.

— Дети, спать пора, — говорит мать.

Тёма, Зина и вся компания идут к отцу в кабинет, целуют у него руку и говорят:

— Папа, покойной ночи.

Отец отрывается от работы и быстро, озабоченно одного за другим рассеянно крестит.

Тёма у себя в комнате молится перед образом богу.

Медленно, где—то за окном, с каким—то однообразным отзвуком, капля за каплей падает с крыши вода на каменный пол террасы. "День, день, день" — раздается в ушах Тёмы. Он прислушивается к этому звонку, смотрит куда—то вперед и, забыв давно о молитве, весь потонул в ощущениях прожитого дня: Еремей, Кейзеровна, дочка Бориса Борисовича, Томылин с матерью...

"Вот хорошо, если б Томылин был мой отец", — думает вдруг почему—то Тёма.

Эта откуда—то взявшаяся мысль тут же неприятно передергивает Тёму. Томылин в эту минуту как—то сразу делается ему чужим, и взамен его выдвигается образ сурового, озабоченного отца.

"Я очень люблю папу, — проносится у него приятное сознание сыновней любви. — И маму люблю, и Еремея, и Бориса Борисовича, всех, всех".

— Артемий Николаевич, — заглядывает Таня, — ложитесь уже, а то завтра долго будете спать...

Тёма неприятно оторван.

Да, завтра опять вставать в гимназию; и завтра, и послезавтра, и целый ряд скучных, тоскливых дней...

Тёма тяжело вздыхает.

VIII

ИВАНОВ

Через несколько дней Борис Борисович умер. Мать его и тетка поступили в приют, жена и старшая дочь, заботами Аглаиды Васильевны, попали в институт, жена — экономкой, дочь — классной дамой. Младшую дочь Аглаида Васильевна взяла к себе, а бывшую у нее фрейлейн устроила надзирательницею детского приюта.

На место Бориса Борисовича пришел толстый, краснощекий молодой немец, Роберт Иванович Клау.

Ученики сразу почувствовали, что Роберт Иванович — не Борис Борисович.

Дни пошли за днями, бесцветные своим однообразием, но сильные и бесповоротные своими общими результатами.

Тёма как—то незаметно сошелся с своим новым соседом, Ивановым.

Косые глаза Иванова, в первое время неприятно поражавшие Тёму, при более близком знакомстве начали производить на него какое—то манящее к себе, особенно сильное впечатление. Тёма не мог дать отчета, что в них было привлекательного: глубже ли взгляд казался, светлее ли как—то был он, но Тёма так поддался очарованию, что стал и сам косить, сначала шутя, потом уже не замечая, как глаза его сами собою вдруг скашивались.

Матери стоило большого труда отучить его от этой привычки.

— Что ты уродуешь свои глаза? — спрашивала она.

Но Тёма, чувствуя себя похожим в этот момент на Иванова, испытывал бесконечное наслаждение.

Иванов незаметно втянул Тёму в сферу своего влияния.

Вечно тихий, неподвижный, никого не трогавший, как—то равнодушно получавший единицы и пятерки, Иванов почти не сходил с своего места.

— Ты любишь страшное? — тихо спросил однажды, закрывая рукою рот, Иванов во время какого—то скучного урока.

— Какое страшное? — повернулся к нему Тёма.

— Да тише, — нервно проговорил Иванов, — сиди так, чтобы незаметно было, что ты разговариваешь. Ну, про страшное: ведьм, чертей...

— Люблю.

— В каком роде любишь?

Тёма подумал и ответил:

— Во всяком роде.

— Я расскажу тебе про один случай в Испании. Да не поворачивайся же... сиди, как будто слушаешь учителя. Ну, так. В одном замке в Испании пришлось как—то заночевать одному путешественнику...

У Тёмы по спине уже забегали мурашки от предстоящего удовольствия.

— Его предупреждали, что в замке происходит по ночам что—то страшное. Ровно в двенадцать часов отворялись все двери...

У Тёмы широко раскрылись глаза.

— Опусти глаза!.. Что ты смотришь так?.. Заметят... Когда страшно сделается, смотри в книгу!.. Вот так. Ровно в двенадцать часов отворялись сами собою двери, зажигались все свечи, и в самой дальней комнате показывалась вдруг высокая, длинная фигура, вся в белом... Смотри в книгу... Я брошу рассказывать.

Тёма, как очарованный, слушал.

Он любил эти страшные рассказы, неистощимым источником которых являлся Иванов. Бывало, скажет Иванов во время рекреации: "Не ходи сегодня во двор, буду рассказывать". И Тёма, как прикованный, оставался на месте. Начнет и сразу захватит Тёму. Подопрется, бывало, коленом о скамью и говорит, говорит — так и льется у него. Смотрит на него Тёма, смотрит на маленький, болтающийся в воздухе порыжелый сапог Иванова, на лопнувшую кожу этого сапога; смотрит на едва выглядывающий, засаленный, покрытый перхотью форменный воротничок; смотрит в его добрые светящиеся глаза и слушает, и чувствует, что любит он Иванова, так любит, так жалко ему почему—то этого маленького, бедно одетого мальчика, которому ничего, кроме его рассказов, не надо, — что готов он, Тёма, прикажи ему только Иванов, все сделать, всем для него пожертвовать.

— Как много ты знаешь! — сказал раз Тёма, — как ты все это можешь выдумать?

— Какой ты смешной, — ответил Иванов. — Разве это моя фантазия? Я читаю.

— Разве такие вещи печатают?

— Конечно, печатают. Ты читаешь что—нибудь?

— Как читаю?

— Ну, как читаешь? Возьмешь какой—нибудь рассказ, сядешь и читаешь.

Тёма удивленно слушал Иванова. В его голове не вмещалось, чтоб можно было добровольно, без урока, сидеть и читать.

— Ты вот попробуй, когда—нибудь я принесу тебе одну занимательную книжку... Только не порви.

Во втором классе Тёма уже читал Гоголя, Майн—Рида, Вагнера и втянулся в чтение. Он любил, придя из гимназии, под вечер, с куском хлеба, забраться куда—нибудь в каретник, на чердак, в беседку — куда—нибудь подальше от жилья, и читать, переживая все ощущения выводимых героев.

Он познакомился с Ивановым по дому и, узнав его жизнь, еще больше привязался к нему. Добрый, кроткий с теми, кого он любил, Иванов был круглый сирота, жил у богатых родственников, помещиков, но как—то заброшенно, в стороне от всей квартиры, в маленькой, возле самой кухни, комнатке. К нему никто не заглядывал, он тоже не любил ходить в общие комнаты и всегда почти просиживал один у себя.

— Тебе он нравится, мама? — приставал Тёма по сто раз к своей матери и, получая утвердительный ответ, переживал наслаждение за своего друга. — Мама, скажи, что тебе больше всего в нем нравится?

— Глаза.

— Правда, глаза? Знаешь, мама, его мать умерла перед тем, как он поступил в гимназию. Я видел ее портрет. Она казачка, мама... Такая хорошенькая... Он на груди в маленьком медальоне носит ее портрет. Он мне показывал, только сказал, чтобы я никому ничего не говорил. Ты тоже, мама, никому не говори. Ах, мама, если б ты знала, как я его люблю!

— Больше мамы?

Тёма сконфуженно опускал голову и нерешительно произносил:

— Одинаково...

— Глупый ты мальчик! — улыбаясь, говорила мать.

— Мама, он говорит, чтобы летом я ехал к ним в деревню. Там у них пруд есть, рыбу будем ловить, сад большой; у него большой кожаный диван под окнами, и вишни прямо в окно висят. У дяди его пропасть книг... Мы вдвоем запремся и будем читать. Пустишь меня, мама?

— Если перейдешь в третий класс — пущу.

— Ах, вот счастье будет! Я тебе привезу много вишен. Хорошо?

— Хорошо, хорошо. Пора уж заниматься.

— Так не хочется... — говорил Тёма, сладко потягиваясь.

— А в деревню хочется?

— Хочется, — смеялся Тёма.

Иногда утром, когда Тёме не хотелось вставать, когда почему—либо перспектива идти в гимназию не представляла ничего заманчивого, Тёма вдруг вспоминал своего друга, и сладкое чувство охватывало его, — он вскакивал и начинал одеваться. Он переживал наслаждение от мысли, что опять увидит Иванова, который уж будет ждать его и весело сверкнет своими добрыми черными глазами из—под мохнатой шапки волос. Поздороваются друзья, сядут поближе друг к другу и радостно будут улыбаться Корневу, который, грызя ногти, насмешливо скажет:

— Сто лет не видались... Поцелуйтесь на радостях.

В такие минуты Тёма считал себя самым счастливым человеком.

IX

ЯБЕДА

Но ничто не вечно под луною. И дружба Тёмы с Ивановым прекратилась, и мечты о деревне не осуществились, и на самое воспоминание об этих лучших днях из детства Тёмы жизнь безжалостно наложила свою гадливую печать, как бы в отместку за доставленное блаженство.

Учитель французского языка, Бошар, скромно начавший карьеру с кучера, сохранивший свою представительную фигуру, заседал на своем учительском месте так же величественно и добродушно, как в былые дни восседал на козлах своего фиакра. Как прежде, бывало, он по временам стегал свою клячу длинным бичом, так и теперь, от времени до времени, он хлопал своей широкой, пухлой ладонью и кричал громким равнодушным голосом:

— Voyons, voyons dons![6]

Однажды, по заведенному порядку, шел урок Бошара. Очередной переводил, остальной класс был в каком—то среднем состоянии между сном и бодрствованием.

В маленькое, круглое окошко класса, проделанное в дверях, заглянул чей—то глаз.

Вахнов сложил машинально кукиш, полюбовался им сначала сам, а затем предложил полюбоваться и смотревшему в окошечко.

При всем своем добродушии Иван Иванович, который и смотрел в окошко, не вытерпел и, отворив дверь, пригласил Вахнова к директору.

Вахнов струсил и стал божиться, что это не он. В подтверждение своих слов он сослался на Бошара, будто бы видевшего, как он, Вахнов, сидел смирно.

Бошар, видевший все и с любопытством естествоиспытателя наблюдавший сам зверька низшей расы —

---

[6] Эй, вы, потише! (франц.)

Вахнова, проговорил с пренебрежением удовлетворенного наблюдателя:

— Allez, allez, bete animal![7]

Вахнов скрепя сердце пошел за Иваном Ивановичем в коридор, но когда дверь затворилась и они остались одни с глазу на глаз, Вахнов, не долго думая, встал на колени и проговорил:

— Иван Иванович, не губите меня! Директор исключит за это, а отец убьет меня. Честное слово, я говорю правду: вы знаете моего отца.

Иван Иванович хорошо знал отца Вахнова, который был в полном смысле слова зверь по свирепости и крутости нрава. Он славился на весь город этими своими качествами, наряду, впрочем, и с другими, признанными обществом: идеальной честностью и беззаветным мужеством.

— Встаньте скорей! — сконфуженно и растерянно заговорил Иван Иванович и сам бросился поднимать Вахнова.

Вахнов, для усиления впечатления, вставая, чмокнул надзирателя в руку. Иван Иванович, окончательно растерявшись, опрометью бросился от Вахнова, отмахиваясь и отплевываясь на ходу. Вахнов, постояв немного в коридоре, снова вошел в класс.

Какими-то судьбами эта история все-таки дошла до директора, и педагогическим советом Вахнов был приговорен к двухнедельному аресту по два часа каждый день.

Убедившись, что донес не Иван Иванович, Вахнов остановился на Бошаре, как на единственном человеке, который мог донести. Это было и общее мнение всего класса. Хотя и не горячо, но почти все высказывали порицание Бошару.

"Идиот" Вахнов на мгновение приобрел если не уважение, то сочувствие. Это сочувствие пробудило в Вахнове затоптанное сперва отцом, а потом и гимназией давно уже спавшее самолюбие. Он испытал сладкое нравственное удовлетворение, которое чувствует человек от сочувствия к нему общества. Но

---

[7] Пошел, пошел, глупое животное! (франц.)

что—то говорило ему, что это сочувствие ненадежное и, чтоб удержать его, от него, Вахнова, требовалось что—то такое, что заставило бы навсегда забыть его прошлое.

Бедная голова Вахнова, может быть, в первый раз в жизни, была полна другими мыслями, чем те, какие внушало ей здоровое, праздное тело пятнадцатилетнего отупевшего отрока. Его мозги тяжело работали над трудной задачей, с которой он и справился наконец.

За мгновение до прихода Бошара Вахнов не удержался, чтобы не сказать Иванову и Тёме (по настоянию Иванова они и во втором классе продолжали сидеть втроем и по—прежнему на последней скамейке) о том, что он всунул в стул, на который сядет Бошар, иголку.

Так как на лицах Иванова и Тёмы изобразился какой—то ужас вместо ожидаемого одобрения, то Вахнов на всякий случай проговорил:

— Только выдайте!

— Мы не выдадим, но не потому, что испугались твоих угроз, — ответил с достоинством Иванов, — а потому, что к этому обязывают правила товарищества. Но это такая гнусная гадость...

Тёма только взглядом ответил на так отчетливо выраженные Ивановым его собственные мысли.

Спорить было поздно. Бошар уже входил, величественный и спокойный. Он поднялся на возвышение, стал спиной к стулу, не спеша положил книги на стол, оглянул взглядом сонного орла класс и, раздвигая слегка фалды, грузно опустился.

В то же мгновение он вскочил, как ужаленный, с пронзительным криком, нагнулся и стал щупать рукой стул. Разыскав иголку, он вытащил ее с большим трудом из сиденья и бросился из класса[8].

Совершенно бледный, с провалившимися вдруг куда—то

---

[8] Прошу читателя иметь в виду, что речь идет о гимназии в отдаленное время, т.е. 20 лет тому назад. (Прим. Н.Г.Гарина—Михайловского.)

внутрь глазами, откуда они горели огнем, влетел в класс директор и прямо бросился к последней скамейке.

— Это не я! — прижатый к скамье, в диком ужасе закричал Тёма.

— Кто?! — мог только прохрипеть директор, схватив его за руку.

— Я не знаю! — ответил высоким визгом Тёма.

Рванув Тёму за руку, директор одним движением выдернул его в проход и потащил за собой.

Тёма каким—то вихрем понесся с ним по коридору. Как—то тупо застыв, он безучастно наблюдал ряды вешалок, шинелей, грязную калошу, валявшуюся посреди коридора... Он пришел в себя, только очутившись в директорской, когда его слух поразил зловеще щелкнувший замок запиравшейся на ключ двери.

Смертельный ужас охватил его, когда он увидел, что директор, покончив с дверью, стал как—то тихо, беззвучно подбираться к нему.

— Что вы хотите со мной делать?! — неистово закричал Тёма и бросился в сторону.

В то же мгновение директор схватил его за плечо и проговорил быстрым, огнем охватившим Тёму шепотом:

— Я ничего не сделаю, но не шутите со мною: кто?!

Тёма помертвелыми глазами, застыв на месте, с ужасом смотрел на раздувавшиеся ноздри директора.

Впившиеся черные горящие глаза ни на мгновение не отпускали от себя широко раскрытых глаз Тёмы. Точно что—то, помимо воли, раздвигало ему глаза и входило через них властно и сильно, с мучительной болью вглубь, в Тёму, туда... куда—то далеко, в ту глубь, которую только холодом прикосновения чего—то чужого впервые ощущал в себе онемевший мальчик...

Ошеломленный, удрученный, Тёма почувствовал, как он точно погружался куда—то...

И вот, как жалобный подсвист в бурю, рядом с диким воем зазвучали в его ушах и посыпались его бессвязные, слабеющие слова о пощаде, слова мольбы, просьбы и опять мольбы о пощаде и еще... ужасные, страшные слова, бессознательно слетевшие с помертвелых губ... ах! более страшные, чем кладбище и черная шапка Еремея, чем розги отца, чем сам директор, чем все, чтобы то ни было на свете. Что смрад колодца?! Там, открыв рот, он больше не чувствовал его... От смрада души, охватившего Тёму, он бешено рванулся.

— Нет! Нет! Не хочу! — с безумным воплем бесконечной тоски бросился Тёма к вырвавшему у него признание директору.

— Молчать! — со спокойным, холодным презрением проговорил удовлетворенный директор и, втолкнув Тёму в соседнюю комнату, запер за ним дверь.

Оставшись один, Тёма как—то бессильно, тупо оглянулся, точно отыскивая потерявшуюся связь событий. Затихавшие в отдалении шаги директора дали ему эту связь. Ослепительной, мучительной болью сверкнуло сознание, что директор пошел за Ивановым.

— И—и! — ухватил себя ногтями за щеки Тёма и завертелся волчком. Натолкнувшись на что—то, он так и затих, охваченный какой—то бесконечной пустотой.

В соседнюю комнату опять вошел директор. Снова раздался его бешеный крик.

Тёма пришел в себя и замер в томительно напряженном ожидании ответа Иванова.

— Я не могу... — тихой мольбой донеслось к Тёме, и сердце его сжалось мучительной болью.

Опять загремел директор, и новый залп угроз оглушил комнату.

— Я не могу, я не могу... — доносился как будто с какой—то бесконечной высоты до слуха Тёмы быстрый, дрожащий голос Иванова. — Делайте со мной, что хотите, я приму на себя всю вину, но я не могу выдать...

Наступило гробовое молчание.

— Вы исключаетесь из гимназии, — проговорил холодно и спокойно директор. — Можете отправляться домой. Лица с таким направлением не могут быть терпимы.

— Что ж делать? — ответил раздраженно Иванов, — выгоняйте, но вы все — таки не заставите меня сделать подлость.

— Вон!!

Тёма уже ничего не чувствовал. Все как — то онемело в нем.

Через полчаса состоялось определение педагогического совета. Вахнов исключался. Родным Иванова предложено было добровольно взять его. Карташев наказывался на неделю оставаться во время обеда в гимназии по два часа каждый день.

Тёме приказали идти в класс, куда он и пошел, подавленный, униженный, тупой, чувствуя отвращение и к себе, и к директору, и к самой жизни, чувствуя одно бесконечное желание, чтобы жизнь отлетела сразу, чтобы сразу перестать чувствовать.

Но жизнь не отлетает по желанию, чувствовать надо, и Тёма почувствовал, решившись поднять наконец глаза на товарищей, что нет Иванова, нет Вахнова, но есть он, ябеда и доносчик, пригвожденный к своему позорному месту... Неудержимой болью охватила его мысль о том светлом, безвозвратно погибшем времени, когда и он был чистым и незапятнанным; охватило его горькое чувство тоски, зачем он живет, и рыдания подступили к его горлу.

Но он удержал их, и только какой — то тихий, жалобный писк успел вырваться из его горла, писк, замерший в самом начале. Что — то забытое, напомнившее Тёме Жучку в колодце, мелькнуло в его голове...

Тёма быстро, испуганно оглянулся... Но никто не смотрел на него.

Передавая дома эту историю, Тёма скрыл, что выдал товарища.

Отец, выслушав, проговорил:

— Иначе ты и не мог поступить... И без наказания нельзя было оставить; Вахнова давно пора было выгнать; Иванов, видно, за что — нибудь намечен, а ты, как меньше других виноватый, поплатился недельным наказанием. Что ж? отсидишь.

Сердце Тёмы тоскливо ныло, и, еще более униженный, он стоял и не смел поднять глаз на отца и мать.

Аглаида Васильевна ничего не сказала и ушла к себе.

Не дотронувшись почти до еды, Тёма тоскливо ходил по комнатам, отыскивая такие, в которых никого не было, и, останавливаясь у окон, неподвижно, без мысли, замирал, смотря куда—то. При малейшем шорохе он быстро отходил от своего места и испуганно оглядывался.

Когда наступили сумерки, ему стало еще тяжелее, и он как—то бессознательно потянулся к матери. Он рассмотрел ее возле окна и молча подошел.

— Тёма, расскажи мне, как все было... — мягко, ласково, но требовательно—уверенно проговорила мать.

Тёма замер и почувствовал, что мать уже догадалась.

— Все расскажи.

Этот ласковый, вперед прощающий голос охватил Тёму какой—то жгучей потребностью — все до последнего передать матери.

Передав истину, Тёма горько оборвал рассказ и униженно опустил голову.

— Бедный мой мальчик, — произнесла охваченная той же тоской унижения и горечи мать.

Тёма облокотился на спинку ее кресла и тихо заплакал.

Мать молча вытирала капавшие по его щекам слезы. Собравшись с мыслями и дав время успокоиться сыну, она сказала:

— Что делать? Если мы видим свои недостатки и если, замечая их, стараемся исправиться, то и ошибки наши уже являются источниками искупления. Сразу ничего не приходит. Все достается тяжелой борьбой в жизни. В этой борьбе ты уже нашел сегодня одну свою слабую сторону... Когда будешь молиться, попроси у бога, чтобы он послал тебе твердость и крепкую волю в минуты страха и опасности.

— Ах, мама, как я вспомню про Иванова, как вспомню... так бы, кажется, и умер сейчас.

Мать молча гладила голову сына.

— Ну, а если б ты пошел к нему? — спросила она ласково.

Тёма не сразу ответил.

— Нет, мама, не могу, — сказал он дрогнувшим голосом. —

Когда я знаю, что больше не увижу его... так жалко... я так люблю его... а как подумаю, что пойду к нему... я больше не люблю его, — тоскливо докончил Тёма, и слезы опять брызнули из его глаз.

— Ну и не надо, не ходи. Когда—нибудь в жизни, когда ты выйдешь хорошим, честным человеком, бог даст, ты встретишься с ним и скажешь ему, что если ты вышел таким, то оттого, что ты всегда думал о нем и хотел быть таким же честным, хорошим, как он. Хорошо?

Тёма молча вздохнул и задумался. Мать тоже замолчала и только продолжала ласкать своего не устоявшего в первом бою сына.

Вечером, в кровати, Тёма осторожно поднял голову и убедившись, что все уже спят, беззвучно спустился на пол и, весь проникнутый горячим экстазом, охваченный каким—то особенным, так редко, но с такой силой посещающим детей огнем веры, — жарко молился, прося бога послать ему силы ничего не бояться.

И вдруг, среди молитвы, Тёма вспомнил Иванова, его добрые глаза, так ласково, доверчиво смотревшие на него, вспомнил, что больше его никогда не увидит... и, как—то завизжавши от боли, впился зубами в подушку и замер в безысходной тоске...

X

В АМЕРИКУ

Тоскливо, холодно и неприветно потекла гимназическая жизнь Тёмы. Он не мог выносить классной комнаты — этой свидетельницы его былого счастья и падения, хотя между товарищами Тёма и встретил неожиданную для него поддержку. Через несколько дней после тяжелого одиночества Касицкий, подойдя и улегшись на скамейку перед Тёмой, подперев подбородок рукой, спросил его ласково и сочувственно, смотря в глаза:

— Как это случилось, что ты выдал? Струсил?

— Черт его знает, как это вышло, — заговорил Тёма, и слезы подступили к его глазам, — раскричался, затопал, я и не помню...

— Да, это неприятно... Ну, теперь ученый будешь...

— Теперь пусть попробует, — вспыхнул Тёма, и глаза его сверкнули, — я ему, подлецу, в морду залеплю...

— Вот как... Да, свинство, конечно... Жалко Иванова?

— Эх, за Иванова я полжизни бы отдал!

— Конечно... водой ведь вас, бывало, не разольешь. А моя — то сволочь, Яковлев, радуется.

Каждый день Касицкий подсаживался к Тёме и с удовольствием заводил с ним разговоры.

— Послушай, — предложил однажды Касицкий, — хочешь, я пересяду к тебе?

Тёма вспыхнул от радости.

— Ей — богу... у меня там такая дрянь...

И Данилов все чаще и чаще стал оглядываться на Тёму. Данилов подолгу, стараясь это делать незаметно, вдумчиво всматривался в бледное, измученное лицо "выдавшего", и в душе его живо рисовались муки, которые переживал в это время Тёма. Чувство стыдливости не позволяло ему выразить Тёме прямо свое участие, и он ограничивался тем, что только как—то особенно сильно жал, при встрече утром, руку Тёмы и краснел. Тёма чувствовал расположение Данилова и тоже украдкой смотрел на него и быстро отводил глаза, когда Данилов замечал его взгляд.

— Ты куда? — спросил Данилов Касицкого, который с ворохом тетрадей и книг несся весело по классу.

— А вот, перебраться задумал...

Эта мысль понравилась Данилову; он весь урок что—то соображал, а в рекреацию, подойдя решительно к Тёме и став как—то, по своей привычке, вполуоборот к нему, спросил, краснея:

— Ты ничего не будешь иметь против, если и я пересяду к тебе?

— Я очень рад, — ответил Тёма, в свою очередь краснея до волос.

— Ну, и отлично.

— И ты? — увидав Данилова, проговорил обрадованный и возвратившийся откуда—то в это время Касицкий.

И он заорал во все горло:

Вот мчится тройка удалая!

Один из двух старых соседей Касицкого, Яковлев, шепнул на ухо Филиппову:

— Карташев и им удружит...

И оба весело рассмеялись.

— Моя дрянь смеется, — проговорил Касицкий, перестав петь. — Сплетничают что—нибудь. Черт с ними!.. Постойте, теперь надо так рассесться: ты, Данилов, как самый солидный, садись в корень, между нами, двумя сорванцами. Ты, Карташев, полезай к стене, а я, так как не могу долго сидеть на месте, сяду поближе к проходу.

Когда все было исполнено, он проговорил:

— Ну вот, теперь настоящая тройка! Ничего, отлично заживем.

— Ты любишь море? — спросил однажды Данилов у Тёмы.

— Люблю, — ответил Тёма.

— А на лодке любишь кататься?

— Люблю, только я еще ни разу не катался.

Данилов никак не мог понять, как, живя в приморском городе, до сих пор ни разу не покататься на лодке. Он давно уже умел и грести, и управлять рулем. Он, сколько помнил себя, все помнил то же безбрежное море, их дом, стоявший на самом берегу, всегда вдыхал в себя свежий запах этого моря, перемешанный с запахом пеньки, смоляных канатов и каменноугольного дыма пристани. Сколько он помнил себя, всегда его ухо ласкал шум моря, то тихий и мягкий, как шепот, то страстный и бурный, как стон и вопли разъяренного дикого зверя. Он любил это море, сроднился с ним; любовь эту поддерживали и развили в нем до страсти молодые моряки, бывавшие у его отца, капитана порта.

Он спал и грезил морем. Он любовался у открытого окна, когда, бывало, вечером луна заливала своим чудным светом эту бесконечную водную даль со светлой серебряной полосой луны, сверкавшей в воде и терявшейся на далеком горизонте; он видел, как вдруг выплывшая лодка попадала в эту освещенную полосу, разрезая ее дружными, мерными взмахами весел, с которых, как серебряный дождь, сбегала напитанная фосфорическим блеском вода. Он любил тогда море, как любит маленьких хорошеньких детей. Но не этой картиной море влекло его душу, вызывало восторг и страсть к себе. Его разжигала буря, в нем подымалась неизведанная страсть в утлой лодке померяться силами с рассвирепевшим морем, когда оно, взбешенное, как титан швыряло далеко на берег свои бешеные волны. Тогда Данилов уж не был похож на мягкого, обыкновенного Данилова. Тогда, вдохновенный, он простаивал по целым часам на морском берегу, наблюдая расходившееся море. Он с какою—то завистью смотрел в упор на своих бешено набегавших врагов — волны, которые тут же, у его ног, разбивались о берег.

— Не любишь! — с наслаждением шептали его побледневшие губы, а глаза уже впивались в новый набегавший вал, который, точно разбежавшийся человек, споткнувшись с

118

размаха, высоко взмахнув руками, тяжело опрокидывался на острые камни.

"Э — эх!" — злорадно отдавалось в его сердце.

Однажды Данилов сказал Тёме и Касицкому:

— Хотите завтра покататься на лодке?

Тёма, замирая от счастья, восторженно ответил:

— Хочу.

Касицкий тоже изъявил согласие.

— Так прямо из гимназии и пойдем. Сначала пообедаем у меня, а потом и кататься.

Вопрос у Тёмы был только в том, как отнесутся к этому дома. Но и дома он получил разрешение.

Прогулки по морю стали излюбленным занятием друзей в третьем классе. Зимой, когда море замерзло и нельзя было больше ездить, верные друзья ходили по берегу, смотрели на расстилавшуюся перед ними ледяную равнину, на темную полосу воды за ней, там, где море сливалось с низкими свинцовыми тучами, — щелкали зубами, синели от холода, ежились в своих форменных пальтишках, прятали в короткие рукава красные руки и говорили всё о том же море. Главным образом говорил Данилов; Тёма с раскрытым ртом слушал, а Касицкий и слушал, и возражал, и развлекался.

— А вот я знаю такой случай, — начинал, бывало, Касицкий, — один корабль опрокинулся...

— Килевой? — спрашивал Данилов.

— Килевой, конечно.

— Ну и врешь, — отрезывал Данилов. — Такой корабль не может опрокинуться...

— Ну, уж это дудки! Ах, оставьте, пожалуйста. Так может...

— Да понимаешь ты, что не может. Единственный случай был...

— Был же? Значит, может.

— Да ты дослушай. Этот корабль...

Но Касицкий уже не слушал; он завидел собаку и бежал доказывать друзьям, что собака его не укусит. Эти доказательства нередко кончались тем, что собака из выжидательного положения переходила в наступательное и стремительно рвала у Касицкого то брюки, то пальто, вследствие чего у него не было такого платья, на котором не нашлось бы непочиненного места. Но он не смущался и всегда находил какое—нибудь основание, почему собака его укусила. То оттого, что она бешеная, то нарочно...

— Нарочно поддразнил, — говорил снисходительно Касицкий.

— Ну да, нарочно? — смеялся Тёма.

— Дура, нарочно! — смеялся и Касицкий, надвигая Тёме на лицо фуражку.

Если ничего другого не оставалось для развлечения, то Касицкий не брезгал и колесом пройтись по панели. За это Данилов снисходительно называл его "мальчишкой". Данилов вообще был старшим в компании — не летами, но солидностью, которая происходила от беспредельной любви к морю; о нем только и думал он, о нем только и говорил и ничего и никого, кроме своего моря, не признавал. Одно терзало его, что он не может посвятить всего своего времени этому морю, а должен тратить это дорогое время и на сон, и на еду, и на гимназию. В последнем ему сочувствовали и Тёма и Касицкий.

— Есть люди с твердой волей, которые и без гимназии умели прокладывать себе дорогу в жизни, — говорил Данилов. Тёма только вздыхал.

Есть, конечно, есть... Робинзон... А все эти юнги, с детства попавшие случайно на пароход, прошедшие сквозь огонь и медные трубы, закалившиеся во всех неудачах. Боже мой! Чего они не видали, где не бывали: и пустыни, и львы, и тигры, и американские индейцы.

— А ведь такие же, как и мы, люди, — говорил Данилов.

— Конечно, такие.

— Тоже и отца, и мать, и сестер имели, тоже, вероятно, страшно сначала было, а пересилили, не захотели избитым путем пошлой жизни жить, и что ж — разве они жалели? Никогда не жалели: все они всегда вырастали без этих дурацких единиц и экзаменов, женились всегда на ком хотели, стариками делались, и все им завидовали.

И вот понемногу план созрел: попытать счастья и с первым весенним днем удрать в Америку на первом отходящем пароходе. Мысль эту бросил Касицкий и сейчас же забыл о ней. Данилов долго вдумывался и предложил однажды привести ее в исполнение. Тёма дал согласие, не думая, главным образом ввиду далекой еще весны. Касицкий дал согласие, так как ему было решительно все равно: в Америку так в Америку. Данилов все тонко, во всех деталях обдумал. Прежде всего совсем без денег ехать нельзя; положим, юнге даже платят сколько—нибудь, но до юнги надо доехать. А потому необходимо было пользоваться каждым удобным моментом, чтобы откладывать все, что можно. Все ресурсы должны были поступать в кассу: деньги, выдаваемые на завтраки, — раз, именинные — два, случайные (вроде на извозчика), подарки дядей и пр. и пр. — три. Данилов добросовестно отбирал у друзей деньги сейчас же по приходе их в класс, так как опыт показал, что у Касицкого и Тёмы деньги в первую же рекреацию улетучивались. Результатом этого был волчий голод в компании во все время уроков, то есть с утра до двух—трех часов дня. Данилов крепился, Касицкий без церемонии отламывал куски у первого встречного, а Тёма терпел, терпел и тоже кончал тем, что просил у кого—нибудь "кусочек", а то отправлялся на поиски по скамьям, где и находил всегда какую—нибудь завалявшуюся корку.

Было, конечно, довольно простое средство избавить себя от таких ежедневных мук — это брать с собой из дому хоть запасный кусок хлеба. Но вся беда заключалась в том, что после утреннего чая, когда компания отправлялась в гимназию, им не хотелось есть, и с точки зрения этого настоящего они каждый день впадали в ошибочную уверенность, что и до конца уроков им не захочется есть.

— На что ты похож стал?! Под глазами синяки, щеки втянуло, худой как скелет! — допытывалась мать.

Хуже всего, что, удерживаясь, Тёма дотягивал обыкновенно до последней рекреации, и уж когда голод чуть не заставлял его кричать, тогда он только отправлялся на фуражировку.

Вследствие этого аппетит перебивался, и так основательно, что, придя домой, Тёма ни до чего, кроме хлеба и супа, не касался.

Обдумывая в подробностях свой план, Данилов пришел к заключению, что прямо в гавани сесть на корабль не удастся, потому что, во—первых, узнают и не пустят, а во—вторых, потребуют заграничные паспорты. Поэтому Данилов решил так: узнав, когда отходит подходящий корабль, заблаговременно выбраться в открытое море на лодке и там, пристав к кораблю, объяснить, в чем дело, и уехать на нем. Вопрос о дальнейшем был решен в утвердительном смысле на том простом основании, что кому же даровых работников не надо? Гораздо труднее был вопрос о лодке. Чтоб отослать ее назад, нужен был проводник. Этим подводился проводник. Если пустить лодку на произвол судьбы, — пропажа казенного имущества — отец подводился. Все это привело Данилова к заключению, что надо строить свою лодку. Отец Данилова отозвался сочувственно, дал им лесу, руководителей, и компания приступила к работе. Выбор типа лодки подвергся всестороннему обсуждению. Решено было строить килевую и отдано было предпочтение ходу перед вместимостью.

— Весь секрет, чтобы было как можно меньшее сопротивление. Чем она уже...

— Ну, конечно, — перебивал нетерпеливый Касицкий.

— Понимаешь? — спрашивал Данилов Тёму.

— Понимаю, — отвечал Тёма, понимавший больше потому, что это было понятно Данилову и Касицкому: что там еще докапываться! Уже — так уже.

— Мне даже кажется, что эта модель, самая узкая из всех, и та широка.

— Конечно, широка, — энергично поддержал Касицкий. — К чему такое брюхо?

— Отец настаивает, — нерешительно проговорил Данилов.

— Еще бы ему не настаивать, у него живот—то, слава богу; ему и надо, а нам на что?

— А мы, чтоб не дразнить его, сделаем уже, а ему благоразумно умолчим.

— Подлец, врать хочешь...

— Не врать, молчать буду. Спросит — ну, тогда признаюсь.

Всю зиму шла работа; сперва киль выделали, затем шпангоуты насадили, потом обшивкой занялись, а затем и выкрасили в белый цвет, с синей полоской кругом.

Собственно говоря, постройка лодки подвигалась непропорционально труду, какой затрачивался на нее друзьями, и секрет этот объяснялся тем, что им помогали какие—то таинственные руки. Друзья благоразумно молчали об этом, и когда лодка была готова, они с гордостью объявили товарищам:

— Мы кончили.

Впрочем, Касицкий не удержался и тут же сказал, подмигивая Тёме:

— Мы?!

— Конечно, мы, — ответил Тёма. — Матросы помогали, а все—таки, мы.

— Помогали?! Рыло!

И Касицкий, рассмеявшись, добавил:

— Кой черт, мы! Ну, Данилов действительно работал, а мы вот с этим подлецом все больше насчет глаз. Да ей—богу же, — кончил он добродушно. — Зачем врать.

— Я считаю, что и я работал.

— Ну да, ты считаешь. Ну, считай, считай.

— Да зачем вам лодка? — спросил Корнев, грызя, по обыкновению, ногти.

— Лодка? — переспросил Касицкий. — Зачем нам лодка? — обратился он к Тёме.

Тёму подмывало.

— Свинья! — смеялся он, чувствуя непреодолимое желание выболтать.

— Чтоб кататься, — ответил Данилов, не сморгнув, что называется, глазом.

Корнев видел, что тут что—то не то.

— Мало у отца твоего лодок?

— Ходких нет, — ответил Данилов.

— Что значит — ходких?

— Что б резали хорошо воду.

123

— А что значит — чтоб резали хорошо воду?

— Это значит, что ты дурак, — вставил Касицкий.

— Бревно! — вскользь ответил Корнев, — не с тобой говорят.

— Ну, чтоб узкая была, шла легко, оказывала бы воде меньшее сопротивление.

— Зачем же вам такую лодку?

— Чтобы больше удовольствия было от катанья.

Корнев подозрительно всматривался по очереди в каждого.

— Эх ты, дура! — произнес Касицкий полушутя— полусерьезно. — В Америку хотим ехать.

После этого уже сам Корнев говорил пренебрежительно:

— Черти, с вами гороху наесться сперва надо, — и уходил.

— Послушай, зачем ты говоришь? — замечал Данилов Касицкому.

— Что говорю? Именно так действуя, ничего и не говорю.

— Конечно, — поддерживал Тёма, — кто ж догадается принять его слова за серьезные.

— Все догадаются. Вас подмывает на каждом слове, и кончится тем, что вы все разболтаете. Глупо же. Если не хотите, скажите прямо, зачем было и затевать тогда.

Обыкновенно невозмутимый, Данилов не на шутку начинал сердиться. Касицкий и Тёма обещали ему соблюдать вперед строгое молчание. И хотя нередко на приятелей находило страстное желание подсидеть самих себя, но сознание огорчения, которое они нанесут этим Данилову, останавливало их.

Понятное дело, что тому, кто едет в Америку, никаких, собственно, уроков готовить не к чему, и время, потраченное на такой труд, считалось компанией погибшим временем.

Обстоятельства помогли Тёме в этом отношении. Мать его родила еще одного сына, и выслушивание уроков было оставлено. Следующая треть, последняя перед экзаменами, была весьма печальна по результатам: единица, два, закон божий — три, по естественной — пять, поведение — и то "хорошего" вместо обычного "отличного". На Карташева махнули в гимназии рукой, как на ученика, который остается на второй год.

Тёма благоразумно утаил от домашних отметки. Так как требовалась расписка, то он, как мог, и расписался за родителей, что отметки они видели. При этом благоразумно подписал: "По случаю болезни, за мать, сестра З.Карташева". Дома, на вопрос матери об отметках, он отделывался обычным ответом, произносимым каким—то слишком уж равнодушным и беспечным голосом:

— Не получил еще.

— Отчего ж так затянулось?

— Не знаю, — отвечал Тёма и спешил заговорить о чем—нибудь другом.

— Тёма, скажи правду, — пристала раз к нему мать, — в чем дело? Не может быть, чтоб до сих пор не было отметок?

— Нет, мама.

— Смотри, Тёма, я вот встану и поеду сама.

Тёма пожал плечами и ничего не ответил: чего, дескать, пристали к человеку, который уже давно мысленно в Америке?

Друзья назначили свой отъезд на четвертый день пасхи. Так было решено с целью не отравлять родным пасху.

Заграничный пароход отходил в шесть часов вечера. Решено было тронуться в путь в четыре.

Тёма, стараясь соблюдать равнодушный вид, бросая украдкой растроганные взгляды кругом, незаметно юркнул в калитку и пустился к гавани.

Данилов уже озабоченно бегал от дома к лодке.

Тёма заглянул внутрь их общей красавицы — белой с синей каемкой лодки, с девизом "Вперед", и увидел там всякие кульки.

— Еда, — озабоченно объяснил Данилов. — Где же Касицкий?

Наконец показался и Касицкий с какой—то паршивой собачонкой.

— Да брось! — нетерпеливо проговорил Данилов.

Касицкий с сожалением выпустил собаку.

— Ну, готово! Едем.

Тёма с замиранием сердца прыгнул в лодку и сел на весло.

"Неужели навсегда?" — пронеслось у него в голове и мучительно—сладко где—то далеко—далеко замерло.

Касицкий сел на другое весло. Данилов — на руль.

— Отдай! — сухо скомандовал Данилов матросу.

Матрос бросил веревку, которую держал в руке, и оттолкнул лодку.

— Навались!

Тёма и Касицкий взмахнули веслами. Вода быстро, торопливо, гулко заговорила у борта лодки.

— Навались!

Гребцы сильно налегли. Лодка помчалась по гладкой поверхности гавани. У выхода она ловко вильнула под носом входившего парохода и, выскочив на зыбкую, неровную поверхность открытого моря, точно затанцевала по мелким волнам.

— Норд—ост! — коротко заметил Данилов.

Весенний холодный ветер срывал с весел воду и разносил брызги.

— Навались!

Весла, ровно и мерно стуча в уключинах, на несколько мгновений погружались в воду и снова сверкали на солнце, ловким движением гребцов обращенные параллельно к воде.

Отъехав версты две, гребцы, по команде Данилова, подняли весла и сняли шапки с вспотевших голов.

— Черт, пить хочется, — сказал Касицкий и, перегнувшись, зачерпнул двумя руками морской воды и хлебнул глоток.

То же самое проделал и Тёма.

— Навались!

Опять мерно застучали весла, и лодка снова весело и легко начала резать набегавшие волны.

Ветер свежел.

— К вечеру разыграется, — заметил Данилов.

— О—го, рвет, — ответил Касицкий, надвигая чуть было не сорвавшуюся в море шапку.

— Экая красота! — проговорил немного погодя Данилов, любуясь небом и морем. — Посмотрите на солнце, как

126

наседают тучи! Точно рядом день и ночь. Там все темное, грозное; а сюда, к городу, — ясное, тихое, спокойное.

Касицкий и Тёма сосредоточенно молчали.

Тёма скользнул глазами по сверкавшему вдали городу, по спокойному, ясному берегу, и сердце его тоскливо сжалось: что—то теперь делают мать, отец, сестры?! Может быть, весело сидят на террасе, пьют чай и не знают, какой удар приготовил он им. Тёма испуганно оглянулся, точно проснулся от какого—то тяжелого сна.

— Что, может, назад пойдем, Карташев? — спросил спокойно Данилов, наблюдая его.

"Назад?!" — радостно рванулось было сердце Тёмы к матери. А мечты об Америке, а гимназия, экзамены, неизбежный провал...

Тёма отрицательно мотнул головой и угрюмо молча налег на весло.

— Пароход! — крикнул Касицкий.

Из гавани, выпуская клубы черного дыма, показался громадный заграничный пароход.

— Пойдем потихоньку навстречу.

Лодка сделала красивый полукруг и медленно пошла навстречу.

Пароход приближался. Уже можно было разобрать толпу пассажиров на палубе!

"Через несколько минут мы уже будем между ними", — мелькнуло у каждого из друзей.

— Пора!

Все было наготове.

Согласно законам аварий, Касицкий выстрелил два раза из револьвера, а Данилов выбросил специально приготовленный для этого случая белый флаг, навязанный на длинный шест.

Тяжелое чудовище летело совсем близко, высоко задрав свои могучие борты, и гул машины явственно отдался в ушах беглецов, обдав их запахом пара и перегорелого масла.

Лодку закачало во все стороны.

Ура! Их заметили. Целый ворох белых платков замахал им с палубы. Но что ж это? Зачем они не останавливаются?

— Стреляй еще! Маши платком.

Друзья стреляли, махали и кричали как могли.

Увы! Пароход уж был далеко и все больше и больше прибавлял ходу...

Разочарование было полное.

— Они думали, — проговорил огорченно Тёма, — что мы им хорошей дороги желаем.

— Я говорил, что все это ерунда, — сказал Касицкий, бросая в лодку револьвер. — Ну кто, в самом деле, нас возьмет?! Кто для нас остановится?!

Уныло, хотя, и быстро было возвращение обратно. Норд— ост был попутный.

— Надо обдумать... — начал было Данилов.

— Ерунда! Ни в какую Америку я больше не поеду, — сказал Касицкий, когда лодка пристала к берегу. — Все это чушь.

— Ну, вот уж и чушь, — ответил сконфуженно Данилов.

— Да, конечно, чушь, и пора понять это.

Тёма грустно слушал, задумчиво смотря вдаль так коварно изменившему пароходу.

— Надо обдумать...

— Как выдержать экзамены, — фыркнул Касицкий и, нахлобучив шапку, пожав наскоро руки друзьям, быстро пошел в город.

— Духом упал. Все еще можно исправить, — грустно докончил Данилов.

— Прощай, — ответил Тёма и, пожав товарищу руку, тоже побрел домой.

Да, не выгорела Америка! С одной стороны, конечно, приятно опять увидеть мать, отца, сестер, братьев, с которыми думал уже никогда, может быть, не встретиться, но, с другой стороны, тяжело и тоскливо вставали экзамены, почти неизбежный провал, все то, с чем, казалось, было уже навсегда покончено.

Да, жаль, — а хороший было придумали выход.

И Тёма от души вздохнул.

Когда после пасхи в первый раз собрались в класс, все уже

перемололось, и Касицкий не удержался, чтобы в веселых красках не передать о неудавшейся затее. Тёма весело помогал ему, а Данилов только снисходительно слушал.

Все смеялись и прозвали Данилова, Касицкого и Тёму "американцами".

XI

ЭКЗАМЕНЫ

Подошли и экзамены.

Несмотря на то, что Тёма не пропускал ни одной церкви без того, чтобы не перекреститься, не ленился за квартал обходить встречного батюшку, или в крайнем случае при встречах хватался за левое ухо и скороговоркой говорил: "Чур, чур, не меня!", или усердно на том же месте перекручивался три раза, — дело, однако, плохо подвигалось вперед.

Дома тем не менее Тёма продолжал взятый раньше тон.

— Выдержал?

— Выдержал.

— Сколько поставили?

— Не знаю, отметок не показывают.

— Откуда ж ты знаешь, что выдержал?

— Отвечал хорошо...

— Ну, сколько же, ты думаешь, тебе все—таки поставили?

— Я без ошибки отвечал...

— Значит, пять?

— Пять! — недоумевал Тёма.

Экзамены кончились. Тёма пришел с последнего экзамена.

— Ну?

— Кончил...

Опять ответ поразил мать какою—то неопределенностью.

— Выдержал?

— Да...

— Значит, перешел?

— Верно...

— Да когда же узнать—то можно?

— Завтра, сказали.

Назавтра Тёма принес неожиданную новость, что он срезался по трем предметам, что передержку дают только по двум, но если особенно просить, то разрешат и по трем. Это—

то последнее обстоятельство и вынудило его открыть свои карты, так как просить должны были родители.

Тёма не мог вынести пристального, презрительного взгляда матери, устремленного на него, и смотрел куда—то вбок.

Томительное молчание продолжалось довольно долго.

— Негодяй! — проговорила наконец мать, толкнув ладонью Тёму по лбу.

Тёма ждал, конечно, сцены гнева, неудовольствия, упреков, но такого выражения презрения он не предусмотрел, и тем обиднее оно ему показалось. Он сидел в столовой и чувствовал себя очень скверно. С одной стороны, он не мог не сознавать, что все его поведение было достаточно пошло; но, с другой стороны, он считал себя уже слишком оскорбленным. Обиднее всего было то, что на драпировку в благородное негодование у него не хватало материала, и, кроме фигуры жалкого обманщика, ничего из себя и выкроить нельзя было. А между тем какое—то раздражение и тупая злость разбирали его и искали выхода. Отец пришел. Ему уже сказала мать.

— Болван! — проговорил с тем же оттенком пренебрежения отец. — В кузнецы отдам...

Тёма молча высунул ему вдогонку язык и подумал: "Ни капельки не испугался". Тон отца еще больше опошлил перед ним его собственное положение. Нет! Решительно ничего нет, за что бы уцепиться и почувствовать себя хоть чуточку не так пошло и гадко! И вдруг светлая мысль мелькнула в голове Тёмы: отчего бы ему не умереть?! Ему даже как—то весело стало от мысли, какой эффект произвело бы это. Вдруг приходят, а он мертвый лежит. Вот тогда и сердись сколько хочешь! Конечно, он виноват — он понимал это очень хорошо, — но он умрет и этим вполне искупит свою вину. И это, конечно, поймут и отец и мать, и это будет для них вечным укором! Он отомстит им! Ему ни капли их не жалко, — сами виноваты! Тёма точно снова почувствовал презрительный шлепок матери по лбу. Злое, недоброе чувство с новой силой зашевелилось в его сердце. Он злорадно остановил глаза на коробке спичек и подумал, что такая смерть была бы очень хороша, потому что будет не сразу и он успеет еще насладиться чувством удовлетворенного торжества при виде горя отца и матери. Он занялся вопросом, сколько надо принять спичек, чтоб покончить с собой. Всю коробку? Это, пожалуй, будет слишком много, он быстро умрет, а ему хотелось бы подольше полюбоваться. Половину? Тоже, пожалуй, много. Тёма остановился почему—то на двадцати головках. Решив это, он сделал маленький антракт, так как, когда вопрос о количестве был выяснен, решимость его значительно ослабела. Он в первый раз серьезно вник в положение вещей и почувствовал непреодолимый ужас к смерти. Это было решающее мгновение, после которого, успокоенный каким—то подавленным сознанием, что дело не будет доведено до конца, он протянул руку к спичкам, отобрал горсть их и начал потихоньку, держа руки под столом, осторожно обламывать головки. Он делал это очень осторожно, зная, что спичка может вспыхнуть в руке, а это иногда кончается антоновым огнем. Наломав, Тёма аккуратно собрал головки в кучку и некоторое время с большим удовольствием любовался ими в сознании, что их проглотит кто угодно, но только не он. Он взял одну головку и попробовал на язык: какая гадость!

С водой разве?!

Тёма потянулся за графином и налил себе четверть стакана. Это много для одного глотка. Тёма встал, на цыпочках вышел в переднюю и, чтоб не делать шума, выплеснул часть воды на стену. Затем он вернулся назад и остановился в нерешительности. Несмотря на то, что он знал, что это шутка, его стало охватывать какое—то странное волнение. Он чувствовал, что в его решимости не глотать спичек стала показываться какая—то страшная брешь: почему и в самом деле не проглотить? В нем уж не было уверенности, что он не сделает этого. С ним что—то происходило, чего он ясно не сознавал. Он, если можно так сказать, перестал чувствовать себя, как будто был кто—то другой, а не он. Это наводило на него какой—то невыразимый ужас. Этот ужас все усиливался и толкал его. Рука автоматично протянулась к головкам и всыпала их в стакан. "Неужели я выпью?! — думал он, поднимая дрожащей рукою стакан к побелевшим губам.

Мысли вихрем завертелись в его голове. "Зачем? Разве я не виноват действительно? Я, конечно, виноват. Разве я хочу нанести такое горе людям, для которых так дорога моя жизнь? Боже сохрани! Я люблю их..."

— Артемий Николаевич, что вы делаете?! — закричала Таня не своим голосом.

У Тёмы мелькнула только одна мысль, чтобы Таня не успела вырвать стакан. Судорожным, мгновенным движением он опрокинул содержимое в рот. Он остановился с широко раскрытыми, безумными от ужаса глазами.

— Батюшки! — завопила режущим, полным отчаяния голосом Таня, стремглав бросаясь к кабинету. — Барин... барин!..

Голос ее обрывался какими-то воплями:

— Артемий... Николаич... отравились!!

Отец бросился в столовую и остановился, пораженный идиотским лицом сына.

— Молока!

Таня бросилась к буфету.

Тёма сделал слабое усилие и отрицательно качнул головой.

— Пей, негодяй, или я расшибу твою мерзкую башку об стену! — закричал неистово отец, схватив сына за воротник мундира.

Он так сильно сжимал, что Тёма, чтоб дышать, должен был наклониться, вытянуть шею и в таком положении, жалкий, растерянный, начал жадно пить молоко.

— Что такое?! — вбежала мать.

— Ничего, — ответил взбешенным, пренебрежительным голосом отец, — фокусами занимается.

Узнав, в чем, дело, мать без сил опустилась на стул.

— Ты хотел отравиться?!

В этом вопросе было столько отчаянной горечи, столько тоски, столько чего-то такого, что Тёма вдруг почувствовал себя как бы оторванным от прежнего Тёмы, любящего, нежного, и его охватило жгучее, непреодолимое желание во что бы то ни стало, сейчас же, сию секунду снова быть прежним мягким, любящим Тёмой. Он стремглав бросился к матери, схватил ее руки, крепко сжал своими и голосом, доходящим до рева, стал просить:

— Мама, непременно прости меня! Я буду прежний, но забудь все! Ради бога, забудь!

— Все, все забыла, все простила, — проговорила испуганная мать.

— Мама, голубка, не плачь, — ревел Тёма, дрожа, как в лихорадке.

— Пей молоко, пей молоко! — твердила растерянно, испуганно мать, не замечая, как слезы лились у нее по щекам.

— Мама, не бойся ничего! Ничего не бойся! Я пью, я уже три стакана выпил. Мама, это пустяки, вот, смотри, все головки остались в стакане. Я знаю, сколько их было... Я знаю... Раз, два, три...

Тёма судорожно считал головки, хотя перед ним была одна сплошная, сгустившаяся масса, тянувшаяся со дна стакана к его краям...

— Четырнадцать! Все! Больше не было, — я ничего не выпил... Я еще один стакан выпью молока.

— Боже мой, скорей за доктором!

— Мама, не надо!

— Надо, мой милый, надо!

Отец, возмущенный всей этой сценой, не выдержал и, плюнув, ушел в кабинет.

— Милая мама, пусть он идет, я не могу тебе сказать, что я пережил, но если б ты меня не простила, я не знаю... я еще бы раз... Ах, мама, мне так хорошо, как будто я снова родился! Я знаю, мама, что должен искупить перед тобою свою вину, и знаю, что искуплю, оттого мне так легко и весело. Милая, дорогая мама, поезжай к директору и попроси его, — я выдержу передержку, я знаю, что выдержу, потому что я знаю, что я способный и могу учиться.

Тёма, не переставая, все говорил, говорил и все целовал руки матери. Мать молча, тихо плакала. Плакала и Таня, сидя тут же на стуле.

— Не плачь, мама, не плачь, — повторял Тёма. — Таня, не надо плакать.

Исключительные обстоятельства выбили всех из колеи. Тёма совершенно не испытывал той обычной, усвоенной манеры отношения сына к матери, младшего к старшему, которая существовала обыкновенно. Точно перед ним сидел его товарищ, и Таня была товарищ, и обе они и он попали неожиданно в какую—то беду, из которой он, Тёма, знает, что выведет их, но только надо торопиться.

— Поедешь, мама, к директору? — нервно, судорожно спрашивал он.

— Поеду, милый, поеду.

— Непременно поезжай. Я еще стакан молока выпью. Пять стаканов, больше не надо, а то понос сделается. Понос очень нехорошо.

Мысли Тёмы быстро перескакивали с одного предмета на другой, он говорил их вслух, и чем больше говорил, тем больше ему хотелось говорить и тем удовлетвореннее он себя чувствовал.

Мать со страхом слушала его, боясь этой бесконечной потребности говорить, с тоской ожидая доктора. Все ее попытки остановить сына были бесполезны, он быстро перебивал ее:

— Ничего, мама, ничего, пожалуйста, не беспокойся.

И снова начинался бесконечный разговор.

Вошли дети, гулявшие в саду. Тёма бросился к ним и, сказав: "Вам нельзя тут быть", — запер перед ними дверь.

Наконец приехал доктор, осмотрел, выслушал Тёму, потребовал бумаги, перо, чернила, написал рецепт и, успокоив всех, остался ждать лекарства. У Тёмы начало жечь внутри.

— Пустяки, — проговорил доктор, — сейчас пройдет.

Когда принесли лекарство, доктор молча, тяжело сопя, приготовил в двух рюмках растворы и сказал, обращаясь к Тёме:

— Ну, теперь закусите вот этим все ваши разговоры. Отлично! Теперь вот это! Ну, теперь можете продолжать.

Тёма снова начал, но через несколько минут он как—то сразу раскис и вяло оборвал себя:

— Мама, я спать хочу.

Его сейчас же уложили, и, под влиянием порошков, он заснул крепким детским сном.

На другой день Тёма был вне всякой опасности и хотя ощущал некоторую слабость и боль в животе, но чувствовал себя прекрасно, был весел и с нетерпением гнал мать к директору. Только при появлении отца он умолкал, и было что—то такое в глазах сына, от чего отец скорее уходил к себе в кабинет. Приехал доктор, и мать, оставив Тёму на его попечении, уехала к директору.

— Я сяду заниматься, чтобы не терять времени, — заявил весело Тёма.

— Вот и отлично, — ответил доктор.

Тёма забрал книги и отправился в маленькую комнатку, а доктор ушел в кабинет к старику Карташеву.

Когда разговор коснулся текущих событий, генерал не утерпел, чтобы не пожаловаться на жену за неправильное воспитание сына.

— Да, нервно немножко... — проговорил доктор как—то нехотя. — Век такой... Вы, однако, с сыном—то все—таки помягче, а то ведь можно и совсем свихнуть мальчугана... Нервы у него не вашего времени...

— Пустяки, весь он в меня...

— Может, в вас он... да уж... одним словом, надо сдерживать себя.

— Пропал мальчик, — с отчаянием в голосе произнес отец.

Доктор добродушно усмехнулся.

— Славный мальчик, — заметил он и забарабанил пальцами по столу.

— Эх! — махнул огорченно отец и зашагал угрюмо по комнате.

Приехала мать с радостным лицом.

— Разрешил?! — спросил Тёма, выскакивая с латинской грамматикой. — Мама, я вот уже сколько прошел!

Неделя промелькнула для Тёмы незаметно. Он не мог оторваться от книг. В голову, строчка за строчкой, вкладывались страницы книги, как в какой—то, мешок. Иногда он закрывал глаза и мысленно пробегал пройденное, и все в систематическом порядке, рельефно и выпукло проносилось перед ним. Довольный опытом, Тёма с новым жаром продолжал занятия. Передержка была по русскому, латинскому и географии, но уже она сидела вся в голове. Иногда он звал сестру и говорил ей:

— Экзаменуй меня.

Зина добросовестно принималась спрашивать, и Тёма без запинки отвечал с малейшими деталями. В награду Зина говорила огорченно:

— Стыдно с такими способностями так лениться.

— Я на будущий год буду отлично заниматься, сяду на первую скамейку и буду первым учеником.

— Ну да...

— Хочешь пари?

— Не хочу.

— А—га, знаешь, что могу!

— Конечно, можешь — да не будешь.

— Буду, если Маня меня будет любить.

Зина засмеялась.

— Будет любить?

— Не знаю... если заслужишь.

— А я знаю, что она меня любит!

— И неправда.

— А зачем не смотришь? А я знаю, что она тебе говорила в беседке.

— Ну, что?

— Не скажу.

— А я скажу, если хочешь: она говорила, что ты ей надоел.

Тёма озадаченно посмотрел на Зину и потом весело закричал:

— Неправда, неправда! А зачем она мне сказала, что любит Жучку, потому что это моя собака?

— А ты и уши развесил.

— А—га! — торжествовал Тёма. — Передай ей, когда увидишь, что я влюблен в нее и хочу жениться на ней.

— Скажите пожалуйста! Так и пойдет она за тебя.

— А почему не пойдет?

— Так...

В день экзамена Таня разбудила Тёму на заре, и он, забравшись в беседку, все три предмета еще раз бегло просмотрел. От волнения он не мог ничего есть и, едва выпив стакан чаю, поехал с неизменным Еремеем в гимназию. Директор присутствовал при всех трех экзаменах. Тёма отвечал без запинки.

По исхудалому, тонкому, вытянутому лицу Тёмы видно было, что не даром дались ему его знания.

Директор молча слушал, всматривался в мягкие, горящие внутренним огнем глаза Тёмы и в первый раз почувствовал к нему какое-то сожаление.

По окончании последнего экзамена он погладил его по голове и проговорил:

— Отличные способности. Могли бы быть украшением гимназии. Будете учиться?

— Буду, — прошептал, вспыхнув, Тёма.

— Ну, ступайте домой и передайте вашей матушке, что вы перешли в третий класс.

Счастливый Тёма выскочил, как бомба, из гимназии.

— Еремей, я перешел! Все экзамены выдержал, всё без запинки отвечал.

— Слава богу, — заерзал, облегченно вздыхая, Еремей. — Чтоб оны вси тые екзамены сказылысь! — разразился он неожиданной речью. — Дай бог, щоб их вси уж покончали, да в офицеры б вас произвели, — щоб вы, як папа ваш, енералом булы.

Выговорив такую длинную тираду, Еремей успокоился и впал в свое обычное, спокойное состояние.

Тёма мысленно усмехнулся его пожеланиям и, усевшись поудобнее в экипаж, беззаботно отдался своему праздничному настроению.

— Ну? — встретила его мать у калитки.

— Выдержал.

— Слава богу, — и мать медленно перекрестилась. — Перекрестись и ты, Тёма.

Но Тёме показалось вдруг обидным креститься: за что? он столько уже крестился и всегда, пока не стал учиться, резался.

— Я не буду креститься, — буркнул обиженный Тёма.

— Тёма, ты серьезно хочешь вогнать меня в могилу? — спросила его холодно мать.

Тёма молча снял шапку и перекрестился.

— Ах, какой глупый мальчик! Если ты и занимался и благодаря этому и своим способностям выдержал, так кто же тебе все дал? Стыдно! Глупый мальчик.

Но уж эта нотация была сделана таким ласкающим голосом, что Тёма, как ни желал изобразить из себя обиженного, не удержался и распустил губы в довольную, глупую улыбку.

"Да, уж такой возраст!" — подумала мать и, ласково притянув Тёму, поцеловала его в голову. Мальчик почувствовал себя тепло и хорошо и, поймав руку матери, горячо ее поцеловал.

— Ну, зайди к папе и обрадуй его... ласково, как ты умеешь, когда захочешь.

Окрыленный, Тёма вошел в кабинет и в один залп проговорил:

— Милый папа, я перешел в третий класс.

— Умница, — ответил отец и поцеловал сына в лоб.

Тёма, тоже с чувством, поцеловал у него руку и с облегченным сердцем направился в столовую.

Он с наслаждением увидел чисто сервированный стол, самовар, свой собственный сливочник, большую двойную просфору — его любимое лакомство к чаю. Мать налила сама в граненый стакан прозрачного, немного крепкого, как он любил, горячего чаю. Он влил в стакан весь сливочник, разломил просфору и с наслаждением откусил какой только мог большой кусок.

Зина, потягиваясь и улыбаясь, вышла из маленькой комнаты.

— Ну? — спросила она.

Но Тёма не удостоил ее ответом.

— Выдержал, выдержал, — проговорила весело мать.

Напившись чаю, Тёма хотя и нехотя, но передал все, не пропустив и слов директора.

Мать с наслаждением слушала сына, облокотившись на стол.

В эту минуту, если б кто захотел написать характерное выражение человека, живущего чужой жизнью, — лицо Аглаиды Васильевны было бы высокоблагородной моделью. Да, она уж не жила своей жизнью, и всё и вся ее заключалось в них, в этих подчас и неблагодарных, подчас и ленивых, но всегда милых и дорогих сердцу детях. Да и кто же, кроме нее, пожалеет их? Кому нужен испошленный мальчишка и в ком его глупая, самодовольная улыбка вызовет не раздражение, а желание именно в такой невыгодный для него момент пожалеть и приласкать его?

— Добрый человек директор, — задумчиво произнесла Аглаида Васильевна, прислушиваясь к словам сына.

Тёма кончил и без мысли задумался.

"Хорошо, — пронеслось в его голове. — А что было неделю тому назад?!"

Тёма вздрогнул: неужели это был он?! Нет, не он! Вот теперь это он.

И Тёма ласково, любящими глазами смотрел на мать.

XII

ОТЕЦ

Сильный организм Николая Семеновича Карташева начал изменять ему. Ничего как будто не переменилось: та же прямая фигура, то же николаевское лицо с усами и маленькими, узенькими бакенбардами, тот же пробор сбоку, с прической волос к вискам, — но под этой сохранившейся оболочкой чувствовалось, что это как—то уже не тот человек. Он стал мягче, ласковее и чаще искал общества своей семьи.

Тёму особенно трогала перемена в отце, потому что с ним отец был всегда строже и суровее, чем с другими.

Но при всем добром желании с обеих сторон сближение отца с сыном очень туго подвигалось вперед.

— Ну, что твое море? — спросил Тёму как—то отец во время вечернего чая, за которым, кроме семьи, скромно и конфузливо сидел учитель музыки — молодой худосочный господин.

— Да, что море? — огорченно заметала мать, — гребут до изнеможения, вчера восемь часов не вставали с весел... Ездят в бурю и кончат тем, что утонут в своем море.

— Я в этом отношении фаталист, — сказал отец, исчезая в клубах дыма. — Двум смертям не бывать, а одной — как ни вертись, все равно не миновать. За делом—то, пожалуй, и приятнее умереть, чем так сидеть да дожидаться смерти.

Глаза Тёмы сверкнули на отца.

— Ну, пожалуйста, — обратилась мать к сыну. — Сначала дело свое сделай, как папа, курс кончи, обзаведись семьей.

— Я никогда не женюсь, — ответил Тёма. — Моряку нельзя жениться, у моряка жена — море.

Он с удовольствием потянулся.

— Данилов тоже, конечно, не женится? — спросила Зина.

— Конечно, не женится, мы с ним будем всегда вместе, на одном корабле.

— Вместе и командовать будете, конечно? — пошутил отец. Отец был в духе.

Тёма, пригнувшись к столу так, что только торчала его голова, ответил весело, сконфуженно улыбаясь:

— Ну—у, командовать...

— Не надеешься? — быстро, немного пренебрежительно спросил отец и, затянувшись, проговорил: — А не надеешься — и командовать никогда не будешь... По поводу фатализма... — обратился он к учителю музыки. — В нашей военной службе, да и во всякой службе не фаталист не может сделать карьеры... Под Германштадтом наш полк, — отец бросил взгляд на сына, — стоял на левом фланге. Я тогда был еще командиром эскадрона, а командиром полка мой же дядя был. Я считался непокорным офицером. Никакого непокорства не было, но раздражали нелепые распоряжения. Ну—с... Так вот, сижу я на своем Черте...

— Папина лошадь, — подсказала мать.

— ...и говорю офицерам... А так, с косогора, нам вся картина как на ладони видна: стоит в долине авангардом каре венгерцев — человек тысяча, два орудия при них, а за ними остальной табор — тысяч четырнадцать. С этой стороны по косогору наши войска. Я и говорю: "Вот сбить бы с позиции это каре да под их прикрытием и двинуть вперед; без одного выстрела подобрались бы". Командир и говорит: "Тут целый полк перебьешь, пока до этого каре доберешься только". Заспорил я с ним, что с одним своим эскадроном собью каре... конечно, в сущности, какое ж это войско было? Пушки дрянные, ружья... да и войско—то: сапожник, шарманщик, франт... так — сброд. А наши ведь: николаевские. Дядя и говорит: "Э, сумасшедший человек! Мелешь чепуху, потому что еще пороху как следует не нюхал, а послать тебя, так тогда бы и узнал..." Как будто отрезал! Подлетает адъютант главнокомандующего и передает приказание выслать эскадрон против каре. Я, долго не думая, и говорю дяде на ухо: "Ну, дядя, выбирай: или дай мне возможность делом смыть твои слова с моей чести, или я должен буду выбрать другой какой—нибудь способ искать удовлетворения..." Говорю, а сам и бровью не

142

моргну. А дядя уж был семейный, — как стоянка, сейчас жене письма... дети уж были, — какая там дуэль! Покосился он на меня вроде того, что за черт такой к нему привязался, плюнул и говорит, обращаясь к офицерам: "А что, господа, признаете за ним право идти в атаку?" Неприятно, конечно: всякому хочется, ну, а действительно так ловко вышло, что право—то за мной. "Ну, говорит, будем любоваться, как ты умудришься смерти в глотку влезть да вылезть оттуда. Кстати уж скажи — куда и на сорокоуст отдать: ведь, кроме меня, за тебя—то, бешеного, и молиться некому".

Отец усмехнулся и несколько раз энергично затянулся.

Тёма так и замер на своем месте.

Раскурив трубку, отец боковым взглядом посмотрел на сына и продолжал:

— А молиться—то за меня и в самом деле некому было: я сиротой рос... Ну—с... Подскакал я к своему эскадрону: "Ребята! Милость нам — в атаку! Живы будем, от царя награда, а от меня хоть залейся водкой!" — "Хоть к черту в зубы веди!.." Скомандовал я, и стали мы заходить... А так: овраг кончался, и этакий холмик стоял в долине, — я и хотел было за ним выстроить эскадрон и тогда уже сразу развернутым фронтом ударить на каре. Тут как тут, смотрю — проклятая речушка, — не заметил, надо бы правой стороной оврага спускаться... — дрянь, сажени три, а топкая. Сунулся один, увяз, — уж по лошади пролез назад... Нечего делать, пришлось идти до мостика и уж в открытом месте переходить речку: мостик жиденький, только—только одному в поводу пройти с лошадью. Заметили... Сейчас же, конечно, огонь открыли... В движении, на ходу не чувствуешь как—то этой тоски смерти: ну, свалится лошадь, сорвется человек с седла — не слышно. А тут упадет и стонет. Вижу, у солдатиков уж дух не тот. Ну, и самому—таки и жутко и неловко: как—никак виноват. Нечаянно зло сделаешь, пустое, и то мучит, а здесь ведь жизнь человеческая: тут, там пятнадцать человек уложили, пока переходили, — всё на твою совесть. Повернулся я к солдатам — смотрят покорно, конечно, а тоже ведь всё понимают. Так как—

то вырвалось: "Ну, братцы, виноват — оплошал! Жив буду — заслужу, а теперь не выдавайте!"

Отец затянулся.

— Встрепенулись... "Отцом был — не выдадим!" Конечно, николаевские времена: с человеком, как со скотом... Ласку ценили... Ну, и меня, конечно, тронуло. Да и минута ведь какая же! Может, и сам уже стоишь перед своим смертным часом... Прямо — отец, а это твои дети: и не то, чтобы жаль, а так как-то, вот за каждого самого последнего солдата, как за самого родного, вот сейчас всю душу свою положить готов. И у всех такое же чувство... вот какое только после причастия бывает... Нет, сильнее! Ну вот, точно вдруг само небо раскрылось и сам господь благословил нас и дал нам одно тело, одну душу и сказал: идите. Куда и страх девался! Под огнем, а как на плацу построились. И картина же действительно! Уланы... Один к одному — красавцы на подбор!.. Чепраки малиновые... Лошади вороные... Солнце блестит, в небе ни тучки... двадцать пятое июля... наши войска как на ладони... Эх!! Нет уж того, что было, теперь нет и не будет. Впереди смерть, ад... тысячи ружей в упор, десять смертей на одного, а на душе, как тронулись, точно прямо в рай лететь собрался.

Отец остановился и опять несколько раз затянулся.

— Ну-с, так вот... Тронулись мы... Собрал я своего Черта и стал выпускать понемногу. А Чертом я называл свою лошадь оттого, что не выносила она, когда ее между ушами трогали, сразу освирепеет: стена не стена, огонь не огонь, — одним словом, черт! А так — первая лошадь. И уж сколько мне говорили: сломишь голову; жаль расстаться, хоть ты что... Ну-с, так вот... Стали забирать кони... шибче, шибче... Марш-марш, в карьер!.. И—ить!.. Весь эскадрон, как один человек... только земля дрожит... пики наперевес... Лошадь врастяжку, точно на месте стоишь... А там ждут... Да хоть бы стрелял... Ждет... в упор хочет... Смотрит: глаз видно!.. Тошно, прямо тошно: бей, не томи! Пли!!! Все перевернуло сразу... эскадрон как вкопанный! Пыль... лошади... люди... Каша. "Вперед!!" Ни с места! Так секунда... Назад?! Серая шинель?! Позор?! А мои уж поворачивают коней... "Ребята, что ж вы?!" И не смотрят. Э—

эх!.. За сердце схватило!.. "Па—а—длецы!" Да как хвачу меж ушей своего Черта...

Несколько мгновений длилось молчание.

— Уж и не помню... Так, вихрь какой—то... Весь эскадрон за мной, как один человек: врезались, опрокинули, смяли... Бойня, настоящая бойня пошла... прямо бунчуками, — перевернет пику да бунчуком, как баранов, по голове и лупит. Люди... Что люди?! Лошади остервенели; вот где настоящий ужас был: прижмет уши, оскалит зубы, изовьет шею, вопьется в тело и рванет под себя.

Отец замолчал и потонул в облаках дыма.

Молчание длилось очень долго.

— А ты сам, папа, много убил? — спросила Зина.

— Никого, — ответил, усмехнувшись, отец. — У меня и сабля не была отточена. Да и сабля—то... Так, ковырялка. Никита, мой денщик, шельма, бывало, все ею в самоваре ковырялся.

— Папа, а как же ты Черта удержал? — спохватилась вдруг аккуратная Зина.

— Да уж не я его удержал... Кто—то другой... Пуля ему угодила: мне назначалась, а он мотнулся, ему прямо в лоб и влепилась. Упал он и прижал мне ногу... ну, а ведь давят, бьют, режут... только я было на локоть, чтобы рвануться, смотрю — прямо в меня дуло торчит? Глянул: батюшки, смерть, — целит какая—то образина! Ну, уж тут я... вторую жизнь прожил... а ведь всего какая—нибудь секунда... Смотрю: а уж Бондарчук, унтер—офицер — пьяница, шельма, а молодец, в плечах сажень косая — бунчуком по башке его... и не пикнул... И что значит страх?! Рожей мне показался невообразимой, а как посмотрел на него, когда уж он упал: шляпа откинулась — лежит мальчик лет пятнадцати, не больше, ребенок! Раскидал ручонки, точно в небо смотрит... лицо тихое, спокойное... Господи! вот уж насмотрелся... Ночью что было: не могу заснуть. Стоят перед глазами... Бондарчук, которого сейчас же после того, как он спас меня, свалили — стоит: глаза стеклянные, посинел, — стоит и смотрит, смотрит прямо в глаза! Тьфу ты! А в ушах: ая—яй! ая—яй! Открою глаза, зажгу

145

свечку, выкурю папироску, успокоюсь, потушу... опять потянулись: венгерец весь в крови, с разорванным. лицом лезет из—под лошади, солдатик Иванчук, пуля в живот попала, скрутился калачиком, смотрит на меня, качает головой и воет; лошадь с выпущенными потрохами тянется на четвереньках, а головой так и ищет туда и сюда, а глаза... ну, ей—богу же, как у человека. А как дойдет опять до Бондарчука, встанет и стоит: ну, хоть ты что хочешь делай! Смешно, а ведь хоть плачь! Вдруг слышу, Никита: "Ваше благородие, ваше благородие, чи вы спите?" — "Тебе чего?" — спрашиваю. "Бондарчук воскрес". Тьфу ты, черт! Я думал, что с ума сойду. Действительно: и так не знаешь, куда деваться, а тут еще такой сюрприз: Бросился я, как был. А так, саженях в ста положили всех убитых рядышком, смотрю — действительно идет Бондарчук; весь эскадрон уж выскочил: все любили его — пьяница, а балагур—товарищ. "Ты что ж это, с того света?" — спрашиваю. "Так точно, ваше благородие". На радостях я и пошутил. "Ты зачем же, говорю, назад пришел?". А он, мерзавец, вытянулся, руку к козырьку, да самым этак заковыристым голосом: "Опохмелиться, ваше благородие, пришел: там не дают!" Ну, тут уж и я и солдаты прыснули. Что ж оказалось?! Он, подлец, на случай атаки с собой в манерку водки взял; пока оврагом спускались — он и нализался. А пьяного только царапни ведь: он сейчас, как мертвый, свалится. А проснется, встанет как ни в чем не бывало.

— Ну, что ж, дал, папа, на водку ему? — спросила Зина.

— Водки—то всем дал... А Бондарчуку, как возвратились на стоянке, после похода, тысячу рублей ассигнациями дал... только не ему уж, а жене.

— Доволен был?

— Надо думать, — ответил отец, вставая и уходя к себе.

Однажды, вскоре после описанного рассказа, Николай Семенович почувствовал себя так нехорошо, что должен был слечь в кровать, — слечь и уж больше не вставать. Походы, раны, ревматизм — сделали свое дело.

Теперь по наружному виду это уж был не прежний Николай Семенович. Без мундира, в ночной рубахе, с бессильно опущенною на подушку головой, укрытой одеялом,

146

из—под которого сквозило исхудавшее тело, — Николай Семенович глядел таким слабым, беспомощным.

Эта беспомощность щемила сердце и вызывала невольные слезы.

Иногда, не выдержав, Тёма спешил выйти из комнаты отца, путаясь на ходу с маленьким девятилетним Сержиком.

— Чего тебе?! — выскочив за дверь, спрашивал Тёма, всматриваясь сквозь слезы в Сержика.

Бледное, растерянное лицо Сержика смотрело в лицо Тёмы, и дрогнувший голос делил с ним общее горе:

— Жалко папу!

"Жалко папу" — вот ясная, отчетливая фраза, которая болью охватывала сердца детей, которая, как рычажок, заставляла сбегаться в морщинки их лица, трогала клапан слез и вызывала жалобный, тихий писк тоски и беспомощности.

— Тише, тише, — шепотом и жестами останавливал Тёма и свои и Сержика слезы, и вместе с Сержиком, который судорожно удерживался, толкаясь головой в брата, они спешили куда—нибудь поскорее выбраться подальше, где не было б слышно их слез.

Однажды, придя из гимназии, Тёма по лицам всех увидел и догадался, что что—то страшное уж где—то близко.

Наскоро поев, Тёма на носках пошел к кабинету отца.

Он осторожно нажал дверь и вошел.

Отец лежал и задумчиво, загадочно смотрел перед собою.

Тёму потянуло к отцу, ему хотелось подойти, обнять его, высказать, как он его любит, но привычка брала свое, — он не мог победить чувства неловкости, стеснения и ограничился тем, что осторожно присел у постели отца.

Отец остановил на нем глаза и молча, ласково смотрел на сына. Он видел и понимал, что происходило в его душе.

— Ну, что, Тёма, — проговорил он мягким, снисходительным тоном.

Сын поднял голову, его глаза сверкнули желанием ответить отцу как—нибудь ласково, горячо, но слова не шли на язык.

"Холодный я", — подумал тоскливо Тёма.

Отец и это понял и, вздохнув, как—то загадочно тепло проговорил:

— Живи, Тёма.

— Вместе, папа, будем жить.

— Нет уж... пора мне собираться... — И, помолчав, прибавил: — В дальнюю дорогу...

Воцарилось тяжелое, томительное молчание. И отец и сын жили каждый своим. Отец весь погрузился в прошлое. Сын мучился сложным чувством к отцу и неумением его высказать.

Глаза отца смотрели куда—то вдаль долгим, каким—то преобразившимся, ясным взглядом, полным мысли и чувства всей долгой пережитой жизни.

Так глубокой осенью, когда солнце давно уже исчезло в непроглядном сером небе, когда глаз повсюду уже освоился с однообразным, оголенным, унылым видом, вдруг под вечер ворвется в окно сноп ярко—красных лучей и, скользя, заиграет на полу, на стенах, тоскливо напомнив о прожитом лете.

— Жил как мог... — тихо, как бы сам с собой, заговорил отец. — Все позади... И ты будешь жить... узнаешь много... а кончишь тем же, — будешь, как я, лежать да дожидаться смерти... Тебе труднее будет, жизнь все сложнее делается. Что еще вчера хорошо было, сегодня уж не годится... Мы росли в военном мундире, и вся наша жизнь в нем сосредоточивалась. Мы относились к нему, как к святыне, он был наша честь, наша слава и гордость. Мы любили родину, царя... Теперь другие времена... Бывало, я помню, маленьким еще был: идет генерал, — дрожишь — бог идет, а теперь идешь, так, писаришка какой—то прошел. Молокосос натянет плед, задерет голову и смотрит на тебя в свои очки так, как будто уж он мир завоевал... Обидно умирать в чужой обстановке... А впрочем, общая это судьба... И ты то же самое переживешь, когда тебя перестанут понимать, отыскивая одни прошлые и смешные стороны... Везде они есть... Одно, Тёма... Если...

Отец поднялся и уставил холодные глаза в сына.

— Если ты когда—нибудь пойдешь против царя, я прокляну тебя из гроба...

Разговор кончился.

В немом молчании, с широко раскрытыми глазами сидел Тёма, прижавшись к стенке кровати...

Начинались новые приступы болезни. Отец сказал, что желает отдохнуть и остаться один.

Вечером умирающему как будто стало легче. Он ласково перекрестил всех детей, мягко удержал на мгновение руку сына, когда тот по привычке взял его руку, чтоб поднести к губам, тихо сжал, приветливо заглянул сыну в глаза и проговорил спокойно, точно любуясь:

— Молодой хозяин.

Потрясенный непривычной лаской, Тёма зарыдал и, припав к отцу, осыпал его лицо горячими, страстными поцелуями.

В комнате все стихло, и только глухо, тоскливо отдавалось рыдание сиротевшей семьи.

Не выдержал и отец... Волна теплой, согретой жизни неудержимо пахнула и охватила его... Дрогнуло неподвижное, спокойное лицо, и непривычные слезы тихо закапали на подушку... Когда все успокоились и молча уставились опять в отца — на преображенном лице его, точно из отворенной двери, горела уже заря новой, неведомой жизни. Спокойный, немного строгий, но от глубины сердца сознательный взгляд точно мерял ту неизмеримую бездну, которая открывалась между ним, умирающим, и остающимися в живых, между тем светлым, бесконечным и вечным, куда он уходил, и страстным, бурливым, подвижным и изменчивым — что оставлял на земле. Голосом, уже звучавшим на рубеже двух миров, он тихо прошептал, осеняя всех крестом:

— Благословляю... живите...

В половине ночи весь дом поднялся на ноги. Началась агония...

Тихо прижавшись к своим кроваткам, сидели дети с широко раскрытыми глазами, в тоскливом ожидании прочесть на каждом новом появлявшемся лице о чем—то страшном, ужасном, неотвратимом и неизбежном.

К рассвету отца не стало.

Вместо него на возвышении в гостиной, в массе белого, в

блеске свечей, утопало что—то, перед чем, недоумевая, замирало все живое, что—то и вечное, и тленное, и близкое, и чужое, и дорогое, и страшное, вызывая одно только определенное ощущение, что общего между этим чем—то и тем, кто жил в этой оболочке, — ничего нет. Тот папа, суровый и строгий, но добрый и честный, тот живой папа, с которым связана была вся жизнь, который чувствовался во всем и везде, который проникал во все фибры существования, — не мог оставаться в этом немом, неподвижном "чем—то". Он оторвался от этого, ушел куда—то и вот—вот опять войдет, сядет, закурит свою трубку и, веселый, довольный, опять заговорит о походах, товарищах, сражениях...

Ярко горят и колеблются свечи, сверкает катафалк и вся длинная, нарядная процессия; жжет солнце, сквозь духоту и пыль мостовой пробивается аромат молодой весны, маня в поле на мягкую, свежую мураву, говоря о всех радостях жизни, а из—под катафалка безмолвно и грозно несется дыхание смерти, безжизненно мотается голова, протяжно разносится погребальное пение, звучит и льется торжественный погребальный марш, то тоскливо надрывающий сердце, то напоминающий о том, что скоро скроется навсегда в тесной могиле дорогое и близкое сердцу, то примиряющий, говорящий о вечности, о смертном часе, неизбежном для каждого пришедшего на землю. А слезы льются, льются по лицу молодого Карташева; жаль отца, жаль живущих, жаль жизни. Хочется ласки, любви — любить мать, людей, любить мир со всем его хорошим и дурным, хочется жизнью своею, как этим ясным, светлым днем, пронестись по земле и, совершив определенное, скрыться, исчезнуть, растаять в ясной лазури небес...

1892